KB104876

자살카페

자살카페

구광렬 소설

싱긋

3부

4부

1부

네 존재가 간절하다.
아직 네가 식재해둔
'우리'라는 나무의 그늘이
드리워져 있기 때문이다.

차라리

'차라리'는 마땅치 않지만 그래도 덜 나쁜 쪽을 택할 때 쓰는 말이다. 그 돈으로 길 건너 시외버스터미널 푸드코트에서 타코 몇 개를 먹기보다는 고시원 옆 분식점에서 라면 한 그릇을 국물째 마시고 편의점에서 원 플러스 원 치즈소시지를 뽀드득 돌려 먹는 것. 좀더 거창하게 말하면 4년제 철학과를 가느니 2년제 제과제빵과를 가는 게 나았다. 뭐 그런 것이다. 최근 그 '차라리'가 부쩍 많이 튀어나왔다. 심지어 입도 뻥긋 안 했건만 편의점 알바가, 지하철 옆 좌석의 그녀가 목 깊숙이 잠겨 있는 '차라리'를 눈치챘다. 근데 그 '차라리'마저 못 쓰게 될 날이 올까봐 걱정이다. 그날 전철역에서만 해도 그랬다. 달려오는 열차에 뛰어들고 싶었으니 그것은 아주 낯선 또다른 종류의 '차라리'임이 분명했다.

스마트폰 속 갤러리에 있는 사진들을 불러내 들여다볼 때까지 주문한 라면은 나오지 않았다. 결론은 많은 경우 지금, 여기서 내려진다. 내려지기까지 긴 시간, 먼 거리가 필요할 뿐 결론은 순식간에 철제 셔터처럼 내려진다. 위에서 내려지니 걷어올리려면 밑에서부터 힘을 써야 하는데, 문제는 내려올 때만큼이나 중력이 작용한다는 점이다. 내려올 때는 중력만이 작용하지만, 올릴 때는 중력에 또다른 힘을 가해야만 한다. 남녀 간의 이별이 그러하다. 재결합을 위해서는 가끔 초인적 동력이 필요하다. 이별의 명분이 변명이라 여겨질수록 그렇다. 마지막 순간에 솔직하지 못하면 함께했던 모든 순간이 거짓으로 느껴진다.

명수는 스마트폰 갤러리 속 사진들을 하나씩 지웠다. 라면을 먹으면서 결론이 내려지리라고는 생각도 못 했지만 레스토랑, 카페, 시장 바닥, 교내 식당 등에서 그녀와 함께 먹었던 음식들의 인증 샷들. 토마토 퐁듀 파스타, 비프 갈릭 필라프, 칼조네 피자, 스노윙 치킨, 신당동 떡볶이, 아바이 순대 등이 달걀도 들지 않은 라면 앞에서 사라졌다.

홀 한쪽에 걸린 벽걸이 TV에서는 L 전자의 최신 OLED TV 광고가 나오고 있었으며, 세렝게티를 달리는 표범이 화면 밖으로 튀어나올 기세였다. 광고가 끝나고 본방이 이어졌다. '시사특집' 제목 탓인지, 출연자들의 낮게 깔린 목소리 탓인지 분식점은 레스토랑만큼이나 조용해졌다. 사회자의 "잠시 자료 화면을 보시겠습니다"란 말과 함께 TV 화면은 흑백으로 바뀌었다.

부두 중앙에 구형 승용차 한 대가 서 있고 운전석에 50대 초반의 남자, 조수석에 40대 후반의 여자, 뒷좌석에는 여중생과 초등생 남자아이가 타고 있었다. "부도까지 내놓고 바람까지 피워? 인간도 아니야 정말!" "씨발! 이 여편네가 진짜, 누군 부도내고 싶어서 냈나?" "다 죽자!" "그래, 죽자고! 이렇게 살 바에야 차라리 죽는 게 나아……!"

명수는 라면 국물을 들이켜다가 TV 화면 속 여인의 말 '차라리'에 멈추었다. TV 속에서는 남자가 사정없이 액셀러레이터를 밟고 있었다. "아빠 왜 그래, 제발…… 겁나…… 무서워요, 이제부터 말 잘 들을게요…… 죽기 싫어요!" 아이들의 목소리가 애절하게 들리고 급발진하며 붕 점프하듯 바다로 떨어지는 승용차. 이내 곧 이어진 화면은 라면 국물을 차갑게 만들었다. 한적한 시골 폐교 부속 건물 안에서 목매 자살한 시신 한 구, 그 옆에 덩그러니 떠 있는 빈 올가미. 시신의 상체, 특히 머리 부분은 백골화가 진행되어 해골이 되어 있었으며, 햇볕 드는 아래 창 쪽에 있는 하체 부분은 더딘 백골화로 살점이 붙어 있었다. 그제야 명수는 차라리 건너편 터미널 푸드코트에서 타코를 먹는 게 나을 뻔했다고 생각했다.

TV 화면은 컬러로 바뀌고 고층 건물 옥상 난간에 선 20대 남녀 넷, 소주병을 들고 원샷한 뒤 두 팔을 벌린 채 하나씩 떨어졌다. 퍽, 퍽, 두개골 깨지는 소리가 들리고 주차되어 있는 승용차 지붕 위로 몸통들이 떨어지거나 도로 위에 즉사한 시신들이 클로즈업되었다.

자료 화면이 끝나고 스튜디오 장면으로 돌아왔다. 세 명의 패널로 구성된 토론 프로그램이었으며 주제는 동반자살이었다.

명수는 라면을 반도 못 먹었다. 그럴 바에는 차라리 '편의점에서 컵라면으로 때울걸' 하고 생각했다.

투 플러스 원

창 쪽으로 갔다. 창이라고 해봐야 A4 용지 두 장 크기였지만 한 평 남짓한 방에 무한한 가능성을 열어주는 열쇠 같은 존재였다. 근데 그 가능성이, 그 열쇠가 유한해졌으며 녹이 슬어버렸다. 남쪽으로 나 있던 예전 창에서는 가로수를 볼 수 있었으며 거기에 날아드는 새들과 계절에 따라 변하는 나뭇잎, 또 그것을 적시는 빗방울, 쌓여가는 눈송이, 그렇게 아름다운 계절의 변화를 그 쪽창을 통해 느낄 수 있었다. 방값 차이는 불과 5만 원인데, 지금은 그 자리에 콘크리트 벽이 서 있다.

휴지를 말아 쥐고 화장실에 갔다. 예상대로 줄이 길게 나 있었다. 한 사람당 대변 기준이면 최소한 5분, 소변 기준이면 1분을 기다려야만 했으니 사람 수를 곱해보면 20분은 족히 기다려야 했다. 명수는 엉덩이를 움켜쥐고 아래층으로 내려갔다. 그곳도 마찬가지였다.

끝내 건물 뒤편에서 일을 보는데, 개 한 마리가 뚫어져라 쳐다보았다. 그 광경을 건너 편의점 알바생 또한 뚫어져라 쳐다보고 있었다.

◆

진열대를 둘러보다가 냉기 커튼 앞에 멈추어 섰다. 치즈소시지 앞이었다. 들고서 망설였다. 미련을 못 버리고 한참 동안 서 있다가 소시지를 제자리에 놓고 컵라면 하나를 집어 계산대로 갔다. 알바생이 주머니에서 동전을 빼내는 명수를 보며 빙그레 웃었다. 명수도 웃어주고 싶었지만 그럴 기분이 아니었다. 명수는 손으로 냉장고 쪽을 가리키며 기어갈 듯 작은 목소리로 말했다.

"이제…… 치즈소시지…… 원 플러스 원 안…… 하나요?"

알바생 준혁의 귀에는 그 소리가 아프게 들렸다. 명수의 물음에 준혁도 나지막이 답했다.

"손님, 원 플러스 원은 한 적 없는데요…… 투 플러스 원이었겠죠."

준혁은 명수에게 꼭 손님이란 말을 붙여주고 싶었다. 대접받고 있다는 느낌, 단돈 1,000원짜리 손님도 왕이란 거 말고, 그만이

왕이다라는 느낌. 변태라 오해할 정도로 무작정 위해주는 것. 그것이 준혁이 위클리 맨(weekly man)을 대하는 방식이었다.

컵라면에 뜨거운 물을 부으며 창 너머로 출근하는 사람들의 행렬을 부러운 눈으로 바라보던 명수는 물통 꼭지에서 나오는 물이 컵라면 통에 넘치도록 몰랐다. "아으 뜨거워" 소리가 계산대까지 들렸다. 준혁은 곧장 명수에게 달려가 괜찮냐고 물었다. 순간 눈이 맞았으나 명수는 준혁의 눈을 피했다.

컵라면을 먹다 말고 명수는 주머니에서 구겨진 종이컵과 믹스커피 한 봉을 꺼냈다. 물끄러미 창밖 가로수를 바라보는 명수를 계산대 너머 준혁은 애틋한 눈으로 지켜보았다.

◆

"주인 잘못 만나 맨날 쓰레기나 먹네."

명수는 햄스터에게 컵라면 몇 가닥을 주며 중얼거렸다. 그때 노크소리가 들렸다. 두드림의 강도로 누군지 알 수 있었다. 명수는 황급히 햄스터를 박스에 넣고 책상 밑으로 밀어넣은 뒤 문을 열었다.

여주인은 다짜고짜 들고 있던 박스를 명수에게 떠안기며 퉁명스럽게 말했다.

"문자 받았지? 두말 않겠습니다. 문자대로 해주세요."

여주인은 낮춤말과 높임말을 기분 내키는 대로 했다. 심지어 한 문장을 구사하면서도 앞과 뒤를 다르게 했다. 예를 들면 '네가 그랬지 않아요?'

여주인은 돌아서 가려다 무슨 냄새를 맡은 듯 코를 킁킁거리며 햄스터 사료 봉지 가까이로 왔다. 명수는 황급히 박스를 내려놓고 사료 봉지를 말아 들고 책상 밑을 두 다리로 가렸다.

"아, 이건 요즘 새로 출시된 과자예요. 잘 모르실 거예요. 냄새는 그닥 좋지 않지만 맛은 짱입니다."

"새로 출시된 신상 과자? 진짜 돈 많네. 괜히 걱정했네."

여주인은 명수를 어떻게 해서든 쫓아낼 궁리를 했다.

"근데, 이건 뭔가요……?"

그제야 명수는 자신이 안고 있는 박스에 관해 물었다. 여주인은 눈을 흘기며 답했다.

"아이코, 돈 많은 사람이 알지, 나처럼 돈 없는 사람이 알겠어? 400개니까, 하루에 한 개씩, 1년 먹고도 남겠네. 일회용 커피를 박스째 사 먹을 돈은 있어도 한 달 방값은 못 내겠다 이거죠?"

명수는 눈을 아래로 깔았다. 여주인은 그런 명수를 한참 동안 올려다보았다. 명수는 어쩔 줄 몰라 꾸벅 인사를 했으며 여주인은 혀를 차며 방울뱀처럼 빠져나갔다.

박스는 열린 적 있다는 듯 저항하지 않았다. '내 취향을 어떻게 알고?' 명수가 좋아하는 화이트골드였다. "맛있게 드십시오." 종이쪽지에 적힌 글씨는 남자의 것으로 보였다. 그런 거 없어도 여자일 수 없다고 확신했다.

명수는 미키를 입양한 날을 떠올렸다. 억수가 퍼붓던 여름밤, 천둥, 번개 속에 울렸던 '뭐해뭐해'로 설정해두었던 카톡 알림. "우린 안 맞다. 우린 사랑한 게 아니었다. 우린……." 문장들이 하나같이 우리로 시작하고 있었다. 그녀만의 결론이라고 믿었다. 그 '우리'를 '나' 혹은 '너'로 대체할 수 있었다면 변명할 수 있었고, 이별도 안 할 수 있었다고 믿었지만 지금의 명수는 '나'만의 착각이었음을 안다. 어쨌든 그날 밤 명수는 미키를 롯데마트 팻 코너에서 만났고 그녀는 강남 모 클럽에서 모 사내를 만났다. 그 후 명수는 스마트폰에서 '뭐해뭐해' 소리를 듣지 못했다.

스며든 어둠이 방을 뒤덮기 시작했다. 캄캄해지고 유리창에 콘크리트 절벽이 새겨졌다. 좁은 방은 명수의 다리를 책상다리 사이에 두게 만들었으며 그 와중에 미키는 얼굴 위를 오르락내리락했다.

눈을 감고 잠을 청하는데 스마트폰이 울렸다.

"야, 너 이번 금요일 나올 거지?"

현호는 '여보세요'를 할 줄 몰랐다. 만약 '여보세요'로 시작한다면 그것은 중요하고도 심각한 일일 터였다. 명수는 곧바로 중요하지도, 심각하지도 않은 이야기일 거라 짐작했다.

"야! 밀린 회비 때문이라면 걱정 마. 너 취직될 때까지 면제해주기로 했으니까."

명수는 그쯤 필요한 물음으로 답했다.

"네가 커피 보냈니?"

"짜식, 마침내 생겼구나…… 축하한다."

"네가 안 보냈다면 누굴까?"

"숙맥 새끼, 커피를 왜 남자가 보내니?"

부산스럽던 미키가 조용해졌다. 눈을 감자 액셀러레이터를 사정없이 밟던 전날 TV 속 사내가 떠올랐다. "무서워요, 이제부터 말 잘 들을게요…… 죽기 싫어요!" 아이들의 비명이 윙윙거렸다. 이어 덩그러니 떠 있는 빈 올가미와 다리에 살점이 붙어 있는 해골이 떠올랐으며 옥상 난간에서 주차되어 있는 승용차 지붕 위로 떨어지는 몸통들이 떠올랐다.

유실물

낡은 가죽핸드백에서 새어나오는 소리는 아늑한 무덤으로부터의 초대처럼 들렸다. 냉골 홑이불 속 꼼지락대던 맨발만큼 온기가 느껴졌고, 감꽃 떨어지던 고향집 마당 귀퉁이 평상만큼 오롯했다. 아이도 안 낳아본 소녀시대, 그 처녀들의 모성애에 파묻혀 죽어보라고, 그리움 못 이겨 또 벨 울리면 부활마저 처녀로 할 테니 속는 셈 치고 죽어보라고. 급하게 올라탄 전동차에서 들려오던 핸드백 속 스마트폰 벨소리가 명수에게는 그렇게 고혹적으로 들렸다.

"당 열차의 종착역입니다. 이 열차 더이상 운행하지 않습니다." 안내 멘트에 비로소 명수는 정신을 차렸다. 밖으로 나가려는데 바닥에 놓인 허름한 가방 하나가 눈에 들어왔다.

◆

"어떻게 오셨나요?"

40대 초반으로 보이는 여직원은 컴퓨터 모니터에서 눈을 떼지 않고 말했다.

"신고하려구요."

명수는 가방을 테이블 위에 올려놓았다.

"그거예요?"

가방을 본 여직원의 말투에는 실망한 기색이 묻어 있었다.

"내용물은요?"

여직원은 곧바로 시선을 컴퓨터 모니터 쪽으로 옮겼다.

"안 봤어요……."

안 보다니? 여직원은 비로소 명수를 똑바로 쳐다보았다. 보지도 않고 신고한다고? 여직원은 상식 이하라는 듯 고개를 흔들며 고무장갑을 끼더니 가방 옆구리를 몇 번 주무른 후 지퍼를 열었다. 줄 끊어진 천칭, 실밥 터진 인형, 보기에도 오래되어 보이는 땡샤 하나, 충분히 낡아 보이는 신발들, 꼬깃꼬깃 접힌 종이쪽지.

"쓰레기네요."

여직원은 자신 있게 말했다. 그 자신감은 명수를 보았을 때부터 생겼다.

"이 자리에서만 10년입니다. 이런 거 보관하다보면 진짜 유실물 보관할 자리는 없어져요. 한번 보세요. 저기……."

그녀가 가리킨 곳은 만물상을 넘어 예전의 난지도 쓰레기장을 방불케 했다.

"어쨌든 두고 가세요."

여직원은 다시 시선을 컴퓨터 모니터 쪽으로 돌렸다.

◆

거리는 변한 게 없었다. 아니, 변한 게 있었다. 가로수와 전봇대, 신호등의 그림자들이 직립으로 서 있다가 붉은 석양 아래 네 발로 걷는 듯 길게 뻗어 있었다. 명수는 고개를 돌려 자신의 그림자를 보았다. '오늘 하루 유실되지 않고 열심히 따라왔구나.'

다시 센터를 찾기로 했다. 잠시 후 백팩을 들고 역사를 빠져나오는 명수, 그 자체로 유실물인 양 보였다.

위클리 맨

포장 끈으로 줄을 만들어 끼웠지만 한쪽으로 기울고 마는 천칭. 줄의 무게가 달라서였다. 줄 하나를 더 만들어 교체하니 그제야 평형을 이루었다.

'누가 쓰던 것일까? 왜 하필 천칭?' 별생각을 다했다. 이내 자신의 처지를 생각하고 '지금 이런 것으로 고민할 땐가?' 하고 자학한 뒤 천칭을 접어 한쪽으로 밀쳤다. 천칭을 치우고 나니 이번에는 인형들이 눈에 들어왔다. 다시 물음이 시작되었다. '어린애들 것? 몇 살? 왜 하필 인형?' 천칭 때보다 더 오래 들여다보았다. 새까만 때가 묻은 얼굴, 실밥 터진 등, 떨어져나갈 듯 덜렁거리는 다리……. 명수는 터진 부분을 바늘로 깁는 시늉도 해보고, 밀쳐두었던 천칭을 펼쳐 쟁반 위에 인형들을 올려보기도 하고,

두 인형을 입맞춤시켜보기도 했다. 신발들이 눈에 들어오자 인형들은 천칭과 함께 쓰레기통에 던져졌다. 신발들은 짝이 맞지 않았다. 하나씩만 들어 있었기에 짝이 맞을 리 없었다. 남녀 신발인 것으로 보아 주인들끼리는 짝이었을지도 모를 일이었다. 그럴 거라 생각하니 더이상 보고 싶지 않았다.

쓰레기통에 신발 떨어지는 소리에 미키가 놀랐는지 눈을 동그랗게 떴다. 손가락 하나를 미키 입에 가져갔다.

"미안해, 사료가 떨어졌어……."

명수는 미키의 미간을 손가락으로 쓰다듬었다. 배만 고픈 게 아니었는지 미키는 명수에게 발까지 내밀었다.

처음 보는 것이어서 신기했고 잡동사니들 속에서 그나마 반짝였다. 손가락 끝으로 튕기자 딩, 딩 소리가 났다. 순간적으로 멍해졌다. 그렇게 한참 동안 눈을 감았다. 쓰레기통에 던진 신발들이 머릿속에 그려졌다. 다시 주인들끼리는 짝이었을 거란 생각이 들자 눈이 떠졌다. 갑자기 일어나 거울 앞으로 갔다. "아~~!" 소리를 질렀다. 히죽거리다가 웃었다. "야, 씨발! 조용히 좀 하자!" 옆방지기가 벽을 두드리며 고함을 칠 때까지 소리를 질렀다.

다시 멍해지고 싶었다. 동전을 집어 뗑샤 위에 떨어뜨렸다. 댕~ 환해지는 느낌이었다. 이어 푸른 하늘 아래 보랏빛 수국과 노란 감꽃이 떠올랐다. 어디일까? 언제일까? 시골 할머니집 처마에 매달려 있던 풍경 울음이었다. 그 풍경소리를 문 두드리는 소리가 끊겼다. 사람은 없고 문 옆에 검은 봉지만이 놓여 있었다.

◆

씩씩거리며 편의점 문을 열었지만 전혀 씩씩거릴 일이 아니었다. 아니 오히려 감사하다 생각하고 절을 해야만 할 일이었다. 명수는 들고 있던 비닐봉지를 계산대에 올리며 소리쳤다.

"보낸 거 맞지!?"

"뭘……요?"

준혁은 비닐봉지에 시선을 두며 시치미를 뗐다.

명수는 준혁을 노려보다가 문을 열고 나가려 했다.

"잠깐만요."

준혁은 급하게 따라 나왔다.

"오해 마시기 바랍니다. 그렇다고 이해하실 거라 기대는 하지 않습니다만……."

명수는 봉지 속 내용물을 꺼냈다. 먹다 남은 믹스커피들, 치즈 소시지 묶음.

"저 거지 아닙니다……."

명수의 말은 조금 전과는 달리 나지막했다. 선물하고 싶었다고 해도 될 일이었건만 준혁은 난처한 표정만 지었다.

"원 플러스 원, 투 플러스 원, 그리고 온리 원. 그중 난, 원 플러스 원 인생. 그럼 당신은?"

준혁은 손으로 머리를 쓰다듬다가 입술을 일그러뜨렸다.

"그래, 금수저일 테니 당연히 제값 주고 사겠지. 당신 아버지가 알바로 일하기도 힘든 이 으리으리한 편의점 사장이거나, 통째로 프랜차이즈 회장일 테니까 말이야."

명수의 말은 거칠어져갔다. 준혁은 '진짜 꼬인 녀석이구나'라고 생각했다. '아니, 공짜로 줘도 난리잖아…… 그냥 선물이라 생각하면 될 일을 이 덜 떨어진 머저리가…….' 준혁은 오랜만에 만만찮은 위클리 맨을 만났다고 생각했다.

"잠깐만요. 이야기가 길어질 것 같으니, 우리 저쪽……."

준혁이 가리킨 곳은 파라솔이 쳐진 테이블이었다. 명수는 저자세를 가장한 고자세로 나왔다.

"아니에요. 제가 잘못했어요, 살려주세요. 커피, 소시지, 빵, 우유, 바나나, 삼각김밥…… 다 필요해요. 나 굶어 죽어가요…….."

준혁은 명수의 팔을 잡고 테이블로 갔다. 명수는 준혁의 손을 뿌리치며 외쳤다.

"씨발, 진짜! 아무리 지랄발광해도 안 되는 세상, 이 좆같은 세상을 우린 공정사회라 부르지. 아니, 나처럼 처음부터 좆도 아닌 놈이 문제지. 너처럼 공명정대하고 상식적인 사람, 좆대가리 굵은 사람들은 문제될 게 없어!"

준혁은 벙벙했다. 잠시 호흡을 가다듬은 뒤 외쳤다.

"나, 알바야! 시급 9,620원! 내가 왜 좆나 알바해서 번 돈을 너 같은 루저 새끼를 위해 써야만 돼? 그 이유를 모른다는 게 좆같을 뿐이야!"

◆

"그러니, 위클리 맨인가에 내가 걸려든 거네……요."

명수의 말에 준혁은 웃었다.

"걸려들었다고 하니 섭섭하네요. 나름대로 베푼 건데…… 그리고 편하게 말 놓죠, 우리."

명수는 겸연쩍어하다가 정색했다.

"그건 중요하지 않고…… 어쨌든 알겠습니다. 근데 내가 몇 번째입니까?"

"3년 됐고, 빠짐없이 일주일에 한 명씩 선정했으니, 100명은 확실히 넘어."

"다른 사람들에게도 나한테 한 것처럼 필요한 물건 사주고 그랬나……요?"

명수의 말투에 자존심이 조금씩 바래가고 있었다.

"아니, 몇 번 안 돼."

"그럼?"

"환경미화원 아저씨나 폐지 줍는 할머니는 청소를 도와주거나 리어카를 밀어주고…… 어린애들 경우에는 놀이터에서 함께 놀아주고 또……."

"착하네. 쥐꼬리보다 가늘고 짧은 자존심이 마지막으로 발광했네……."

"마지막?"

"마지막이니까, 마지막이지……."

명수는 말끝에 테이블 위에 놓인 치즈소시지 조각을 입으로 가져갔다.

"다음 주 위클리 맨으로 누가 선정될까…… 또 나였음 좋겠다."

명수의 눈이 따뜻해 보였다. 착시현상처럼 느껴진 준혁은 명수의 눈동자를 살폈다. 정말 아지랑이 같은 게 피어오르는 듯했다.

"그런 경우는 없었지만, 안 된다는 법도 없지. 내가 정하기 나름이니까."

준혁은 자신도 모르게 위클리 맨에 대한 자부심을 내비치고 있었다.

"그럼, 도와줘, 마지막으로."

"말해봐."

"자살……."

준혁은 깜짝 놀랐다. 명수의 눈동자를 다시 살폈다. 아지랑이 같은 게 사라지고 없었다.

"위클리 맨은 살기 힘들어하는 사람을 위한 거지, 죽기 힘들어하는 사람을 위한 건 아니야. 마지막 부탁이라 해도 죽으려는 걸 도와줄 순 없어."

준혁은 명수의 눈에서 아지랑이 같은 게 다시 피어올랐으면 했다.

"커피 400봉 들었더만. 소시지 열 개 들었고…… 사실, 다 못 마시고, 다 못 먹고 죽을 거 같아 돌려주려 왔어…… 오늘도 한강 갔었어."

그 말에 준혁은 작정하고 군필이냐고 물었다.

"군대 갔다 온 사람은 자살 못 하나? 차라리 군이 백배 더 나아. 더럽고 치사한 세상보다."

명수는 단번에 술잔을 입에 털어넣었다.

"사실, 며칠 전 놓쳤어. 죽으러 마포대교에 갔는데, 거기서 자살 시도하는 여학생을 봤어. 순간 구해야겠다는 생각에 몸을 날렸지."

"그래서?"

"달아나버렸어. 지금 생각하면 후회돼."

"뭘?"

"함께 죽었으면 좋았을 텐데……."

"반했나봐? 와중에."

"응, 그랬나봐."

"예뻤어?"

명수는 웃으며 스마트폰을 열었다. 준혁은 사진을 기대하며 아주 예쁜 여자였으면 하고 바랐다. 그럴 것 같았다. 이성을 보고 반하는 데 필요한 시간은 0.5초. 본다는 것은 시각적이란 뜻이고 시각인 것은 외모뿐이다. 거기에 더 있다면 눈빛 정도가 아닐까. 근데 자살하려는 이의 눈빛도 반짝일까.

명수는 스마트폰 화면을 준혁에게 보여주며 말했다.

"외롭진 않겠지? 저승길……"

사진이 아니라 카톡방 내용이었다.

"헉, 뭐지?"

"ㄷㅂㅈㅅ"

"ㄷㅂㅈㅅ?"

"동반자살, 20대들로만……"

"20대?"

"응……"

밤에 펴진 파라솔은 옳지 않을 수 있지만 곧 떠오를 태양을 생각하면 단지 한 번의 접는 행위가 생략되었을 뿐 틀리지는 않다. 준혁은 하늘을 올려다보았다. 이제 달은 파라솔을 벗어나 하늘 중앙에 자리잡고 있었다. 달은 곧 서쪽으로 기울게 될 것이다. 그런데 누가 저 달을 동쪽으로 돌릴 수 있을까. 준혁은 소꿉장난 같은 위클리 맨 놀이와는 차원부터 다를 것이라 생각했다. 그렇게 생각하니 밤에 펴진 파라솔은 옳지 않을 것 같았으며 내일의 태양을 위해서라도 한 번의 접는 행위가 꼭 필요할 듯했다.

"어쨌든 고마워…… 너처럼 착한 사람 만난 것도. 네 위클리 맨이 된 것도."

명수는 말끝에 소주를 병째 마셔버렸다. 준혁이 정신 차리라고 몇 번 명수의 등을 토닥거리던 중 땅에 떨어진 스마트폰이 그의 눈에 들어왔다. 준혁은 카톡방 내용을 캡처한 뒤 자신의 스마트폰에 저장했다.

직접 체험의 중요성

"ㄷㅂㅈㅅ 함께하려는 이유, 주민등록증 스캔본, 가족관계, 직업, 그 밖의 하고 싶은 말 등을 아래 메일로 보내주십시오. klk@hotmail.com 검토 후 결정해서 통보해드리겠습니다."

방장 뀨뀨가 남긴 톡이었다. 20대 자살률이 높은 이유를 준혁은 포털사이트에서 검색했다. 취업 스트레스, 경제적 빈곤으로 인한 압박감 등이 나왔다. 참조해서 함께하려는 이유로 보냈다. "극심한 우울증, 도저히 혼자선 용기가 나질 않네요. 외로운 저승길, 좋은 분들과 함께 떠나고 싶습니다."

◆

　화이트보드에는 "직접 체험의 중요성"이라 적혀 있었고 준혁
을 비롯한 몇몇 학생은 노트북을 이용해 강의 내용을 메모하고
있었다. 제법 영화감독의 풍이 느껴지는 교수는 빵모자를 한번
눌러쓰곤 말했다.

　"여기 문창과 애들도 있지? 손 들어봐!"

　여기저기서 손을 들었고 그중에는 가운뎃줄의 준혁도 끼어 있
었다.

　"알잖아 자네들…… 시, 소설에서도 직접 체험이 중요하다는
거. 라이너 마리아 릴케는 임산부의 고통을 표현하기 위해 임신
할 필요가 있다고 했어. 에밀 졸라는 부두 노동자의 삶을 묘사하
기 위해 근 한 달 가까이 출근길을 지켜보며 관찰했고…… 대중
예술인 영화는 오죽하겠어? 〈기생충〉, 〈브로커〉, 〈헤어질 결심〉,
〈오징어 게임〉 등 세계적으로 히트 친 작품들의 공통점이 뭐야?
디테일이야. 다르게 표현하면 모든 건 과거의 체험에서 비롯된다
는 뜻이지. 실제 현장에서 뼈저리게 느껴야 된다는 거야. 그냥 포
털이나 sns 상에서 떠도는 것들을 Ctrl+C, Ctrl+V 해갖고선 공명
이 일어날 수 없어. 감동이 뭐야? 마음이 움직인다는 거 아냐? 공
감도 안 되는데, 무슨 감동이야……."

　한 학생이 손을 들었다.

"질문 있습니다. 교수님."

실력 없는 교수들의 특징은 '질문 있습니다'에 공포를 느낀다. 실력도 없으면서 공포까지 느끼지 않는다면 얼굴이 두꺼운 게 틀림없다. 그렇다면 이 교수의 얼굴은 분명 두껍다.

"이런 명강의에 질문까지 있나? 어디 해봐."

전혀 웃길 것 같지 않은 사람이 억지 개그를 하면 주변이 싸늘해진다. 특히 실력 없는 교수가 그럴 땐 역겹기까지 하다.

"자살하려는 사람의 심리를 묘사하려면 자살해봐야 합니까?"

개그는 이런 거다 하고 학생은 심각한 표정으로 물었다.

그 말에 분위기가 살아났다. 다들 웃었다. 분위기는 살아났지만 수업 분위기가 그렇다는 건 아니었다. 그저 지겨움에서 벗어나고 있었다.

"그럼 저세상에서 오스카상 타……."

이 교수는 실로 빈정거렸건만 학생들은 웃었다. 그렇게 이 교수가 웃으면 학생들은 심각해졌고 이 교수가 심각해지면 학생들은 웃었다. 그때 질문다운 질문을 던진 학생이 있었다.

"그런 교수님께서는 왜 〈위화도〉, 〈녹두장군〉 등 사극만을 고집하시는지요? 과거는 직접 체험하지 못하잖아요."

이 교수의 얼굴이 붉어졌다. 학생들은 황야의 혈투라도 펼쳐졌다는 듯 흥미로워했다. 상대가 민우인 만큼 판이 작지 않을 것 같았다. 이 교수는 목소리를 낮춰 말했다. 그에게 목소리는 개한테

꼬리 같은 것이었다. 이제 수업은 지겨움에서 벗어나 흥미진진해졌다.

"그건 달라…… 접근방식이 소위 합목적적일 뿐이야…… 투철한 역사관이 없음 못 하는 것이고, 그 목적을 위해선…….

이 교수는 가급적 어렵게 몰고 가려 했다. 그즈음 "우우" 하는 소리가 들렸다.

"아니, 다 때려치우고 상업적인 영화가 체질에 안 맞아."

그 말을 되받아 민우가 결정타를 날렸다.

"교수님, 사극이 반드시 비상업적이라 할 수는 없잖아요. 〈광해〉, 〈명량〉, 〈남한산성〉, 〈군도〉 같은 것들은 모두 100만이 넘었어요. 교수님 작품들만 쎕만이지!"

민우는 '쎕만이지!'에 굳이 악센트까지 넣을 필요는 못 느꼈는데, 그렇게 하고 싶었다. 강의실이 빵 터졌다. 얼굴이 붉으락푸르락해진 이 교수는 빵모자를 벗어 탁자를 쳤다.

"야, 인마. 난 장사꾼이 아니야. 교수란 말이야! 교수에게는 학문의 자유, 강학의 자유가 있어. 그리고 예술가이기도 한 나에겐 창작의 자유까지 있고! 강의는 강의고, 영화는 영화란 말이야!"

다시 강의실이 조용해졌으며 지겨움 모드로 돌아갔다.

◆

커피숍이라고 할 것까지 없었다. 대부분 테이크아웃이었고 테이블이라야 구석에 두 개뿐이었다.

"그래서…… 도와줄 거야?"

준혁을 잘 아는 민우의 반응이었다. 정말 도와줄 것 같았기 때문에 그렇게 말했다.

"돌았냐? 감옥 갈 일 하게?"

뜻밖의 준혁의 말은 민우에게 '너 사람 잘못 봤다. 아님, 옛날의 내가 아니다'로 들렸다.

"그럼, 짜식아, 아예 말을 꺼내지 말든가……."

민우는 준혁이 달라졌다고 생각했다.

"어쨌든 살려야 할 텐데……."

말끝에 준혁은 머그잔에 남은 커피를 단번에 비웠다.

"웬일이야? 커피 싫어하잖아."

"여전히 싫어해."

"근데? 왜 딴 거…… 너 좋아하는 아이스크림 시키지 않고."

"……."

"짜식, 오늘따라 오버하네. 하긴…… 김준혁, 정의의 사도지. 생판 모르는 사람을 위해 일주일 동안 무조건 돕겠다. 예수나 부처가 할일이지. 그것도 3년 동안 줄기차게…… 그래, 하늘도 감탄해서 상을 줬다고 생각해. 〈위클리 맨〉 '갤럭시 필름 페스타' 금상을 수상하다! 아, 그때 생각하면……."

"운도 운이지만 이 교수님이 도와주셔서 가능했어. 늘 고맙게 생각해."

"야, 왜 이래…… 내가 널 도와줬잖아? 씹만이가 도와준 게 뭘 있다고…… 지도교수라면서 오히려 지도받아야 할 놈이야."

"형식적이었지만 우린 공동제작자였어. 넌 날 당연히 도와줬어야지. 그리고 그런 면에선 너도 이 교수님께 감사한 마음을 가져야 돼."

"어쨌든, 미화원 아줌마 교통사고 이야기는 내가 말해줬지, 이 교수가 말한 거 아니잖아……."

"허 참, 그거 말고…… 교통사고를 과실에서 미필적 고의로 바꾼 것. 업무상과실치상에서 살인미수로…… 그 결과 변호사 이승우와 검사 박승렬 간의 법정 다툼이 치열해졌고, 시나리오는 흥미진진해졌지. 그리고 이 교수님, 나름대로 영화에 관한 한 당신 철학이 뚜렷하셔."

준혁은 그즈음 민우에게 명수 이야기를 한 걸 후회했다.

"그럼 뚜렷하지…… 뚜렷하고말고. 스타일리스트로서의 가오. 아니 뭔 가오, 그냥 폼생폼사지. 근데 어떤 식으로 살리려구? 그 지질이."

준혁은 눈을 감았다. 그날 편의점 파라솔 위를 스쳐가던 달이,

그 아래 뻗어 있던 명수, 그리고 스마트폰이 떠올랐다.

"죽을 놈은 죽고, 살 놈은 살아. 그만큼 했음 됐어…… 소시지도 주고 커피도 주고 했다며? 위클리 맨으로 대접 제대로 했네 뭐."

"다른 애들도 어떻게 해야 할 것 같아…… 게다가 모두 우리 또래잖아……."

준혁은 말을 꾹꾹 누르다가 해버렸다.

"아이고! 천사표 아저씨, 갈수록 태산이네. 정말 솔직히 말할게."

"그래, 말해봐. 솔직히."

"손 떼! 그건 네 망상에서 나온 거야, 과대망상."

"……."

"그 시간에 졸업 작품, 아니 시나리오나 써. 〈오징어 게임〉 같은 거. 넌 할 수 있어. 난, 못 해도. 아니, 난 안 하지……."

"상스러우면 따뜻하기라도 해야지…… 차가운 놈."

민우는 준혁의 차갑다는 말에 머그잔을 내밀었다.

"그래, 차가운 놈을 위해 펄펄 끓는 커피 리필 받아와!"

민우는 커피를 홀짝이며 흥얼거렸다.

"목에서부터 발끝까지 사랑스러워~~"

"자, 커피값 해봐."

민우는 망설이지 않고 내뱉었다.

"시나리오 써, 동반자살."

사람이 솔직할 땐 머리를 굴리지 않는다. 이제 준혁은 자리에
더 머물고 싶었다.

"시나리오?"

"그래, 씹만이 강의 중 '직접 체험의 중요성'은 좋았어. 야! 그
렇다고 직접 체험하라는 건 아니다. 씹만이 말대로 저승에서 아
카데미상 타고 싶으면 몰라도."

호랑이 소굴과 덫

벽에 붙어 있는 책장, 누가 봐도 놓일 자리에 있는 응접 소파, 옷걸이에는 양복 상의, 책상 위에는 수북한 책, 컴퓨터 테이블 중간에 놓인 모니터를 바라보며 워드만 치고 있으면 틀림없이 그는 교수, 그곳은 연구실이었다.

노크소리가 들리자 이 교수는 모니터에서 눈을 떼지 않은 채 "들어오세요"라고 했다.

준혁은 문을 열고 들어갔다. 이 교수가 워드를 치면서 "뭔데?"라고 하자 준혁은 주뼛대며 말을 잇지 못했다.

"뭐냐고?"

이어진 이 교수의 짜증 섞인 말투에 준혁은 자신감을 잃었다.

"아닙니다…… 바쁘신 거 같아 다음에 들르겠습니다."

이 교수는 준혁을 올려다보며 워드를 치던 손으로 자신의 뺨을 한번 쓸었다.

"지금이 제일 한가해……."

한가해 보이지 않았다. 일에 찌들어 짜증이 잔뜩 묻은 얼굴을 하고 있었다.

"아…… 예……."

준혁은 여전히 쉬 입을 열지 못했다.

"시나리오만 고집하지 말고 평론도 써봐. 돈벌이는 평론이 나을 수 있어. 끗발도 있고…… 감독은 갈수록 바늘구멍이야, 레이저구멍."

예상 밖이었다. 이 교수가 단문이 아닌 복문으로 말하자 준혁은 용기를 냈다.

"시나리오 외엔 관심 없습니다. 시나리오로 등단했고 지금까지 그것만 써왔고…… 또 단편이지만 영화도 만들어봤고요……."

"그래, 상도 탔지. 뭐더라?"

"〈위클리 맨〉이요. 민우와 공동 제작한 거요, 서민우."

"〈위클리 맨〉 맞아, 내가 지도교수였는데도 워낙 제목이……근데 어떻게 민우란 놈과 함께했대?"

"왜요?"

"그 자식 계집애들과 놀 줄만 알지…… 하긴, 그놈도 재능은 있어 보여. 근데 왜 그리 농땡이인지⋯⋯."

이 교수는 테이블 위 담뱃갑을 집어들었다.

"그래, 상도 타고 했으면 됐지, 뭐가 문젠가⋯⋯ 쓰던 대로 쓰고, 하던 대로 하면 되지."

이 교수는 담배 하나를 빼 물었다. 준혁은 다시 머뭇거렸다.

"나, 조금 있음, 내 인생 중 가장 바빠져."

담배 연기가 이 교수의 작지 않은 입에서 인색하게 풀어졌다.

"지난번 강의 중에 말씀하신 직접 체험의 중요성에 관해 좀더 소상히 알고 싶습니다."

준혁은 자세를 바로 했다.

"원하는 게 뭔데?"

이 교수는 비로소 준혁과 눈을 맞추었다.

"자살을 소재로 한 작품을 쓰고 싶습니다."

"허허, 웬일이야. 애들이 모두 자살 자살 하네. 자살을 어떻게 체험할 수 있나요⋯⋯ 너도 이렇게 묻고 싶은 거야?"

"자살에 관한 작품이 별로 없는 것 같아, 나름대로 독창적인 소재가 되지 않을까 해서요⋯⋯ 그리고 요즘 핫한 이슈가 또 20대들의 좌절과 방황 아니겠습니까. 근데 문제는⋯⋯."

"문제는 '자살하지 않고 자살자의 심정을, 심리를 알고 싶어서요' 이렇게 말하려는 거지?"

이 교수는 스무고개를 하듯 물고 늘어졌다.

"네……."

"지지난번 과제 기억나지? 주식 영끌족에 관한 시나리오 쓰기."

"네."

"너도 해봐서 알겠지만, 주식은 직접 체험을 하기 쉬워. 소액 투자해서 경험하면 되지. 하지만 자살의 경우는 달라. 죽어볼 수 없잖아. 결국 간접 체험할 수밖에…… 자살에 관한 여러 자료를 들여다봐. 요즘 포털사이트에 들어가면 각종 블로그나 카페에 자살하고자 하는 사람들의 심정, 시도한 경험, 자살자에 대한 뉴스 등 많이 뜨잖아. 그리고 자살하니까 떠오른 건데 요즘 동반자살이 핫하다고 하대. 하지만 뜨는 테마라고 무작정 덤벼들어선 안돼. 세밀하게 구체적으로 파고들어야지."

"사실, 그 문제 때문에 왔습니다."

말끝에 준혁은 스마트폰을 꺼내 카톡방을 보여주었다.

"설마…… 너?"

이 교수가 실눈을 떴다.

"아닙니다. 교수님께서 생각하시는 거."

"내가 뭘 생각하는데?"

"직접 체험한답시고 자살에 가담한다거나, 아님 방조한다거나……."

"아님 됐어."

이 교수가 눈을 바로 떴다. 그래 보아야 쥐눈이었다.

"저는 이 친구들을 구하고 싶습니다."

"주제넘게스리……."

주제넘는다는 말에 준혁의 눈이 더 커졌다.

"얘네들이 이번 주 자네 위클리 맨이라도 된다는 거야, 뭐야……."

말끝에 이 교수는 담배 연기를 길게 내뿜었다.

"그런 면도 없진 않습니다. 게다가 알아버린 이상……."

"이 이야기는 못 들은 걸로 하겠네…… 그리고 자네, 내가 보기엔 망상장애를 앓고 있어. 마치 자신이 어떤 굉장한 재능이나 통찰력을 갖고 있다고 믿거나, 지금처럼 어떤 중요한 걸 발견했다고 확신하는…… 말 그대로 과대망상."

이 교수의 눈이 다시 가늘어졌다.

"무엇보다 자칫 내가 휘말려서 어떻게 될 수 있을 것 같아."

그 말에 준혁은 준비한 인사말을 하고 나가야겠다고 생각했다. 들어올 때 할말을 나갈 때 하는 셈이었다.

"우연히 교수님께서 출연하신 TV 프로를 봤습니다."

그 말에 순간 이 교수의 얼굴이 환해졌다. 눈이 최대로 크게 떠졌다. TV 출연을 자주, 그것도 아주 많이 하는 양 그중에서 무엇이었냐고 물었다.

"동반자살에 관한 토론이요."

"아, 그거?"

그 많은 것 중 그걸 봤구나 하는 투였다.

"네, 아주 감명 깊게 봤습니다. 그중에서 특히 자료 화면이 좋았습니다."

이 교수는 빙그레 삐져나오는 미소를 감추기 위해 손으로 얼굴을 쓰다듬었다.

"내 아이디어야. 준비는 방송국이 했지만…… 그리고 왜 있잖아, 폐교에서 목매 자살한…… 그거 내가 연출한 거야. 햇살의 유무가 시랍화에 크게 영향을 미치거든…… 그건 과학적으로 증명된 거고. 자료 화면에서도 왜…… 시신의 상체, 특히 머리 부분은 백골화가 진행되어 해골이 되어 있고, 햇볕 드는 아래 창 쪽에 늘어져 있는 하체 부분은 더딘 백골화로 살점이 붙어 있잖아."

"맞아요…… 봤어요. 그리고 교수님께서 디테일, 디테일 하시는 이유도 알게 됐어요. 정말 실감나더라구요."

"왜? 필요해?"

"네, 작품에 꼭 필요할 듯해서요."

순간 준혁의 의도에 휘말리고 있다는 느낌에 이 교수의 눈이 다시 가늘어졌다. 이 교수는 담배를 재떨이에 비벼 끄며 낮은 목소리로 말했다.

"자료야, 방송국에 부탁해서 줄 수 있어. 하지만 자네가 그 팀에 끼어드는 건 반대야."

"교수님, 사람 목숨 구하는 일만큼 보람되고 좋은 일이 있겠어요? 그것도 한둘이 아닌데?"

이 교수는 한숨을 내쉬었다. 못 느끼던 담배 냄새가 준혁의 코를 찔렀다.

"일석이조잖아요. 죽으려는 사람들도 살리고, 작품도 만들고…… 이것이야말로 제 트레이드마크인 위클리 맨 취지와도 들어맞는 일이구요."

이 교수의 입이 다시 일그러졌다. 담배를 물지도 않았건만 입꼬리가 내려가 있었다.

"설득하려 들지 마, 기분 나빠지고 있으니까……."

"네, 교수님…… 하지만……."

"하지만은 없어…… 가봐."

준혁은 일어서서 나가려다가 돌아섰다.

"그 누가 뭐래도 저는 교수님을 존경합니다. 교수님의 영화에 대한 순수한 예술혼, 그리고 타의 추종을 불허하는 미장센."

이 교수는 또 한번 삐져나오는 미소를 숨기기 위해 얼굴을 두 손으로 쓸어내렸다.

"짜식, 이젠 아주 대놓고 빠네…… 야! 꼭 해야겠어?"

준혁은 다시 자리로 돌아왔다.

"말린다고 죽을 사람들이 안 죽을 것도 아니고, 말린다고 자네가 내 말 들을 사람도 아니고…… 그래, '젊어서 고생은 사서도 한다'는데…… 해봐, 네 말대로 일석이조도 될 수 있을 테니까.

일 끝나면 트리트먼트 써서 갖고 와."

"트리트먼트요?"

"응, 좋으면 나와 컬래버도 할 수 있잖아."

준혁은 환하게 웃으며 소리쳤다.

"감사합니다, 교수님!"

이 교수도 돌아서는 준혁을 향해 소리쳤다.

"자살 거꾸로 하면 살자야!"

문 닫히는 소리가 들리고 이 교수는 자신도 모르게 중얼거렸다.

"이건 또 뭐지? 직접 체험? 간접 체험……?"

2부

지하철은 각자 고독의 깊이만큼 달린다.
나에게는 팔을, 너에게는 다리만을 줄 것을
우리는 다 갖추었기에 혼자다.
종로 3가에 내릴 그는
종로 5가에 내릴 나와 무슨 상관이랴.
없어지면, 없었다 생각하면 그만이다.

톡

대화 상대 리스트에는 방장 뀨뀨 외 여덟 명이 있었다. 여섯 명이 대화중이었고 세 명은 빠져 있었다. 그 셋은 가로수, 막대사탕, 두두였다.

화면에는 안보고싶다가 써내려가는 글.

"경찰이 ㅈㅅ한다는 걸 잘 안 믿으시나봐요. ㅜㅜㅜ."

잠시 뒤 안보고싶다가 또 글을 올렸다.

"한슬기라고 해요. 지금 이름을 알리는 일이 뭔 의미가 있을까 싶지만 그냥……."

이어 Dream girl의 글이 올라왔다.

"저세상에서도 마찬가지일 것 같은데요. 저는 장혜경입니다. 근데, 지금 어디세요?"

이어지는 안보고싶다의 답글.

"병상에 누워 있어요, 병원······."

바로 올라오는 Dream girl의 글.

"병원? 헉! 왜요?"

이어지는 안보고싶다의 답글.

"이야기가 긴데 괜찮을까요?"

바로 올라오는 Dream girl의 답글.

"괜찮아요. 아니, 더 좋아요."

이어지는 안보고싶다의 글.

"변두리 파출소에서 근무했어요. 점심시간 직후라 비교적 조용했지요. 동료 경찰관들은 스마트폰을 들여다보거나 의자에 앉아 졸고 있었어요. 슬그머니 자리에서 일어나 화장실 쪽으로 갔죠. 변기에 앉아 문자를 보냈어요. '엄마, 아빠, 미안······ 나, 이제 그 사람 곁으로 가.' 그러곤 총을 뺐어요. 총구를 관자놀이에 겨누다가 다시 턱밑으로······ 목구멍 깊숙이 넣었지요."

이 부분에서 준혁은 답글을 달고 싶었으나 이어질 글의 탄력을 생각해 미루었다.

계속되는 안보고싶다의 글.

"방아쇠를 당겼어요. '탕' 소리와 함께 쓰러졌지만 공포탄이었어요. 첫발이 공포탄이란 걸 깜빡했지요. 신입이어서 그랬나봐요. 총소리를 듣고 동료들이 달려왔습니다. 둘이서 화장실 칸막

이를 부수다시피 해서 들어왔지요. 일어나 다시 총을 집어들었습니다. 총구를 입안으로 밀어넣는 순간, 둘 중 하나가 결사적으로 막았습니다. 뺏고, 뺏기지 않으려는 사이 '탕' 다시 한 발이 발사됐습니다. 최악은 피했습니다. 그가 맞지 않았기 때문입니다. 물론 최선도 아니었습니다. 내가 죽지 않았으니까요. 총알은 천장에 꽂혀버렸어요."

준혁은 입을 다물지 못했다. 이 자체로 한 편의 시나리오라고 생각했다.

이어 올라오는 Dream girl의 글.

"박진감 있네요. 제 것도 나름 한 편의 영화일걸요? 결코 주인공이 못 돼서 그렇지……."

바로 올라오는 안보고싶다의 답글.

"아, 해보세요, 궁금해요."

이어지는 Dream girl의 글.

"차를 몰고 바다로 돌진했어요. 근데 웃기는 게 버튼을 잘못 눌러 차 천장이 홀러덩 벗겨져버렸어요. 오픈카였거든요."

준혁은 놀람 표정의 이모티콘을 올렸다.

이어 안보고싶다의 글.

"무슨 일을 하셨는데요?"

Dream girl의 답글.

"이태원 트랜스젠더 바에서 일했어요. 〈드림 걸스Dream Girls〉

가 애창곡이었어요. 대기실에서 담배를 피우고 있었는데, 팀원 중 한 년이 시비를 걸었어요. '야, 빨리 넌 그것부터 잘라라. 너 땜에 타이즈는커녕 바지도 못 입잖아. 시스루 레깅스 입고 좆나게 흔들고 싶은데, 왕짜증이야.' 흐흐…… 제가 그 밑을 자르지 않았거든요. '각자 입고 싶은 옷 입어. 무대의상이 꼭 똑같아야 돼?' 라고 했죠. 그랬더니 그년 하는 말이 '아이고, 그래? 그럼 너 지배인 오빠한테도 똑같이 말할 수 있어? 그러다가 아구통 돌아간다. 아이고! 씨발년이 아니라 씨발놈이네 진짜.' 사실 그 말에 주눅이 들었어요. 지배인이 좀 무서웠거든요. 거기에 또다른 년이 부아를 돋웠죠. '야, 너 돈 벌면 제일 먼저 밑에 거 자르고 가슴에 실리콘 넣는다며? 그래야, 박힐 거 아니야. 하긴 넌 박히고 싶은 게 아니라, 박고 싶겠지.'"

준혁은 입을 다물지 못했다. '자살카페'가 아니라 '19금 카페' 같았다. 그뒤 한참 동안 톡방에 머물렀지만 명수로 추정되는 인물은 나타나지 않았다.

그림자

사람과 사물이 너무 크게 다가왔다. 자동차 타이어만 본다든지, 사람의 팔만 본다든지 한눈에 다 담지 못할 것 같아 일면만 보기도 했다. 하지만 예외는 있었다. 고시원 쪽창 너머 풍경이었다. 가로수, 그 위로 날아드는 새들, 아래 피어오르는 이름 모를 들꽃들, 때에 따라 길게 저쪽 편의점까지 늘어서는 나무의 그림자들, 보도의 행인들.

눈앞에 쪽창이 있다고 생각하며 걸으니 마음이 편해졌다. 지나가는 자동차들의 원근이 뚜렷해졌으며 사람들도 온전히 네모 틀 속으로 늘어왔다.

◆

"안 온다며?"

현호는 반갑다는 인사를 그렇게 했다. 그만큼 기다렸다는 뜻이다. 친구들 모임이라지만 명수에게 친구는 현호뿐이었다. "반갑다" "보고 싶었다" "어떻게 지냈니?"와 같은 가식적 인사는 명수에게 막창집 앞 풍선 인형의 몸짓 같았다.

명수는 말없이 앉았다.

"야, 안 죽고 살아 있었네?"

반갑다는 표현이었지만 "죽지, 왜 안 죽어!"로 들렸다.

또 하나가 잔을 건네며 한잔하라 했지만 조금 전 그치가 말했다.

"술 잘 못 하잖아. 몇 잔 마시면 시체……."

그때 끝에 있던 치가 끼어들었다.

"허, 자식. 술도 못 하면서 왜 왔어, 여기."

명수는 소주잔을 내밀며 한 잔 달라고 했다. 현호가 명수의 잔을 뺏은 뒤 카운터 쪽을 보며 "여기 사이다!"라고 외쳤다. 명수는 괜찮다고, 알레르기 다 나았다고 했지만 조금 전 그치가 아픈 곳을 또 찔렀다.

"야, 취직은?"

난처해하는 명수를 위해 현호는 건배를 제의했다.

"명수의 빠른 취업을 위하여!"

◆

간혹 자전거를 타고 지나가는 사람들만 보일 뿐 강변은 조용했다. 잔디에 앉아 둘은 하늘을 보았다. 같은 하늘을 보건만 하늘은 다르게 다가왔다. 현호에게는 그저 초가을 선선한 바람이 몰고 온 구름 몇 점, 반짝이는 샛별. 명수에게는 조금 전 지상의 땅거미가 하늘로 올라가 있을 뿐이었다. 자연스레 현호의 입에서 직장 이야기가 흘러나왔다. 어떻게 구하게 되었는지 명수에게 자신의 노하우를 말해주고 싶었다.

"이력서 100장 쓰는 건 기본이야."

현호는 반도체회사 자재과에 취직했다. 철학 전공하고 미래 성장성 있는 중견 반도체회사에 취업된다는 건 흔히 말하는 낙타와 바늘 관계였다. 아니, 이력서 100장 넘게 쓰다보면 낙타의 몸이 바늘구멍보다 작게 될지도 몰랐다.

"나도 지금까지 그 정도는 썼을 거야. 대부분 서류 전형에서 탈락, 면접까지 본 건 열 번 정도…… 그리고 어쩜 보내는 내용이 다 똑같을까……."

명수의 말이 채 끝나기도 전에 현호는 정색하며 이어갔다.

"귀하의 경력과 면접 결과를 면밀히 검토했으나, 뛰어난 역량과 경험을 갖췄음에도 불구하고 예상보다 많은 지원자로 인해 아쉽지만 불합격하셨습니다."

현호가 명수에게 손짓하자 이번에는 명수가 이어갔다.

"아무쪼록 좋은 인연 계속 이어졌음 하는 바람이며, 또다른 기회에 뵐 수 있었으면 합니다."

이번에는 둘이 한목소리를 냈다.

"귀하의 무궁한 발전과 행운을 빌며!"

그러고는 한참 동안 말이 없었다. 그사이 자전거 세 대가 지나갔다. 둘 사이에서 거리가 느껴질 즈음 명수가 다시 입을 열었다.

"넌, 나에게 아니지?"

뜬금없이 내뱉은 명수의 말에 현호는 웃었다.

"또 그림자 타령?"

"고맙다. 아니어서."

"내가 고맙지. 내가 그림자가 되고 안 되고는 너에게 달렸으니까…… 아무튼 날 그림자로 생각 안 한다는 거 아냐."

"부럽다, 취직…….."

명수의 말에 현호는 웃음을 멈추었다. 네번째 자전거가 지나가고 명수는 주머니에서 땅샤를 꺼냈다.

"이거 뭔지 아니?"

땅샤를 본 현호는 "둘 아니고 하나야?"라고 물었다.

"둘이라야 하나?"

"응, 이름은 기억나질 않는데, 명상할 때 쓰는 걸 거야…… 옛 여친이 갖고 다녔어. 머리 맑게 해주는 거라며…… 근데, 다른 하나는 어떻게 했어?"

"하나만 있었어."

현호는 스마트폰으로 띵샤 이미지를 검색해 명수에게 보여주었다.

"근데 어디서 났어?"

"전철 안에서 낡은 가방을 주웠는데…… 그것 말고 또다른 것들도 있었어."

"뭐 어떤 것들?"

"끈 하나 떨어져나간 천칭, 신발, 그것도 남녀 것 각각 한 짝씩만. 인형 한 쌍. 그리고 종이쪽지 하나."

현호는 스마트폰 속 띵샤 이미지를 손가락으로 가리키며 말했다.

"이것도 짝이 없고…… 뭔 쓰레기들을…….."

"근데…… 종이쪽지에 1393이라 적혀 있었어."

"1393? 너 혹시……?"

그때 명수의 눈에 그림자들이 들어왔다. 다섯번째 자전거 바퀴 그림자가 달빛 아래 수양버들 그림자 안으로 들어갔다.

"요즘 며칠 이상한 꿈을 꿔…… 커플인 듯한 사람들이 손잡고 어디론가 가는 꿈."

"짜식, 꿈에서도 커플, 커플 하네……."

"근데 사람들이 편안해 보였어. 그들 중엔 신혼부부도 있었는데, 행복한 듯 웃고 있었고……."

"그래, 빨리 취직해서 장가도 가고……."

"근데 그 사람들, 이 세상 사람들이 아닌 듯 보였어. 얼굴에 분칠한 거 같았으니까…… 이 부근 아닌가? 토끼굴. 얼마 전 우리 또래 애가 죽었잖아. 자살인지, 타살인지, 실족사인지 어쨌든 이 부근이지?"

그 말에 현호가 소리쳤다.

"정신 차려! 취직이야 언젠간 될 거고, 또 취직 못 한 애가 어디 한둘이야? 취직한 애가 한둘이지."

"그 한둘에 네가 들어간다는 거네……."

"오해 마. 희망을 갖고 살자는 뜻이니까."

"나, 장명수야. 수명이 길다는 뜻이지. 걱정 마…… 죽고 나면 살 수 없잖아."

"야, 다시 연애해봐. 괜찮은 애, 소개해줄게. 미스 햄스터하곤 굿바이하고…… 근데 너에게 여자란 뭐야?"

"헤어지는 사람."

"임자 제대로 만나면 그런 소리 안 나와 인마."

명수는 웃었다. 울음보다 더 진한 슬픔이 깔려 있었지만 실로 오랜만에 웃는 웃음이었다.

"임자? 개코도 뭐 있어야 임자를 만나든지 말든지 하지. 스마트폰 대금도 미납 상태라 곧 끊기게 될 텐데…… 다음 달까지 방 빼란다……."

명수는 폰 메시지를 보여주며 말을 흐렸다.

"고시원?"

"응…… 5만 원의 위력도 알게 됐어. 저번 방은 창을 열면 나무 한 그루가 있었어. 정남향이었지. 새가 날아들었어. 근데 5만 원 차이로 지금 있는 방은 창을 열면 콘크리트 벽이야. 시커먼 그림자만 날아들어……."

그 말에 현호는 지갑을 열어 있는 돈 모두를 꺼냈다.

"안 갚아도 돼."

명수는 돈을 힐끗 훔쳐보며 손사래를 쳤다.

"그냥 고마우면 고맙다고 해, 인마!"

명수는 겸연쩍어하며 손사래 치던 손을 슬그머니 거두었다.

"고마워……."

무엇보다 명수는 자신에게 "고마워……"라고 말해보는 게 소원이었지만 영원히 그럴 일은 없을 것 같았다.

"뗭샤, 우울증 날려버리는 덴 최고란다. 짝을 구해봐. 쓰레기 주인, 그 양반도 짝 없어 고독사했을지도 몰라. 꼭 틀딱들만 고독사하는 게 아니야."

그때 명수의 눈에 마지막 자전거 그림자가 스쳐갔다.

"일곱번째…….."

"일곱번째? 뭐가?"

"고맙다, 간다."

"같이 가, 인마. 나, 택시비도 없어."

강변에 앞서거니 뒤서거니 달리는 두 그림자, 그중 하나는 해어져갔다.

◆

미키가 쓰레기통을 뒤지자 쓰레기통이 넘어지면서 내용물이 쏟아졌다. 다시 미키는 책상 위 땡샤를 치고 저만치 줄행랑을 쳤다. 딩~ 그 소리는 시골 할머니집 처마 아래로 명수를 데려갔다. 녹슨 철삿줄 아래 대롱거리는 풍경. 그 안에서 새어나오는 소리. 그것은 구름을 위해, 낙엽을 위해, 아주 가끔은 잠자리의 날개를 위한 소리였다. 그 소리에 구름은 갈 길을 갔으며, 그 소리에 낙엽은 긴 여행을 시작했으며, 그 소리에 잠자리는 잠에서 깨어나 저 너머 연밭 위를 날 수 있었다.

명수는 구두와 인형 쪽으로 눈길을 돌렸다. 집어서 하나하나 책상 위에 올렸다. 자연스레 눈길이 천칭 쪽으로 향했으며 왼쪽 접시에는 남자 인형을, 오른쪽 접시에는 여자 인형을 올려놓았다. 인형은 한 쌍이었고 옷만 달랐을 뿐 크기는 같았다. 천칭은

평형을 이루었다.

택배가 왔다. 띵샤 한 쌍이 들어 있었다. 부딪쳐 소리를 내보니 정말 청아했다. 하나는 종, 다른 하나는 바람 역할을 했지만 하나와 다른 하나를 구분할 수 없었다. 현호에게 톡을 했다.

"역시 짝이어야 하는 거네. 소리가 맑고 깊어. 고맙다."

바로 답이 왔다.

"받았구나. 그래 힘내고…… 너도 짝이 있어야 돼. 햄스터도 짝 구해주고."

창 쪽으로 갔다. 나무 한 그루가 다가오다가 콘크리트 벽으로 바뀌었다.

웃픈 이야기

클래식 연주곡이 은은히 흐르는 가운데 혜경은 병상에 누워 프로포폴을 맞고 있었다.

"나가실 때 저 소리 좀⋯⋯."

혜경의 말에 간호사는 "볼륨을 좀더 줄여드릴까요?"라고 했다.

"아뇨. 아예 꺼버리세요."

간호사가 주사를 놓고 오디오를 끈 뒤 문을 닫고 나가자 혜경은 침대 한편에 놓인 이불을 펴 가슴까지 덮고 톡방에 들어갔다.

"잠시 쉬러 나왔어요"라는 혜경의 톡에 현아가 답했다.

"어디예요?"

혜경이 "강남"이라고 치자 오하마가 끼어들었다.

"서울 강남이 나와바린가봐요?"

혜경이 답했다.

"그렇게 말하는 거기는 생판 깡촌?"

오하마도 바로 답했다.

"네, 깡촌 중에 깡촌. 이제 깡통도 차버렸네요. ㅜㅜ"

"깡통이라뇨?"

혜경의 글에 오하마가 신세 한탄을 시작했다.

"집배원 오토바이 소리 들으면 겁부터 납니다. 그날도 그랬어요. 법원 등기였어요. 경매기일통지서. 한숨에 눈물까지 났지요. 그러던 중 우연히 북한 출신 김련희 씨를 소재로 한 영화 〈그림자꽃〉을 보게 되었습니다. 김련희 씨의 말이 충격적이었어요. 남한에 와서 놀란 점이 몇 가지 있다고 했어요. 노후 대책이 왜 필요한지, 사람으로 태어났으면 제집이 있을 텐데 왜 평생 집을 마련해야 하는지, 함께 쓰는 고속도로에 왜 통행료를 내야 하는지, 도무지 이해되지 않았다는 거예요. 벌떡 일어나 마당으로 갔지요. 나도 모르게 하늘 저편을 보며 주먹을 불끈 쥐었어요."

혜경이 답글을 달았다.

"하늘 저편이라뇨?"

"북쪽이요. 하도 답답해서…… 거기는 어떨까 하고…… 그 길로 주먹밥 몇 개 만들어서 떠났지요. 내린 곳은 전철역 임진강역. 해를 등지고 온종일 걸었어요. 달밤에 헉헉대며 산을 오르고 첨벙첨벙 개울을 건넜지요. 자정쯤 부엉이 울음소리 들리고 멀리 달빛 아래 초소 같은 게 보였어요. 가까이 다가가자 장병 둘이 마주보며 이야기를 나누고 있었지요. 아마, 그때 제 얼굴에 화색이 돌았을 거예요. 실로 오랜만에…… 그쪽을 향해 조심스럽게 다가갔지요. 그들은 제가 몇 발짝 앞에 다가가도록 눈치를 못 챘어요. 떨리는 목소리로 말했지요. '아저씨들, 여기 북한 맞지유?' 그러자 갑자기 총구를 들이대며 하는 말 '누구야? 암호는?' 답했죠. 남한에서 온 농사꾼 설주택이라고. 그러자 '손들고 뒤돌아서!' 하더니 제 백팩을 마구 뒤졌어요. 한마디로 체포당했습니다. 실망 투로 다시 물었죠. '북한이 아닌가봐유?' 그랬더니 그중 하나가 어이없다는 듯 고개를 절레절레 흔들며 답 아닌 답을 했어요. '휴, 좆될 뻔했다, 말년에…….' 그 말에 아, 좆된 건 나로구나 생각했지요. 거기에 또다른 하나가 덧붙이는 말 '그러게요. 밑에 초소 애들 진짜 좆된 거지요. 최소한 두 개는 지났을 텐데 히히…….' 한참 좆되는 이야기가 오가는 사이 벌떡 일어나 총구를 두 손으로 잡고 머리에 박으며 말했지요. '죽여주세유! 다시 돌아가고 싶지 않아유…… 나, 거지 됐슈. 희망 없다구유.' 그랬더니 무시하고 무전기로 보고하대요. 그러고선 지들끼리 지껄였어요. '아무튼 김 병장님, 완전 좆될 뻔하다가 말년에 포상 휴가 받고 바로 제대하시겠네요. 축하드립니다.' 그 병장이란 놈, 덧붙이는 말 '언놈은 휴가고, 언놈은 영창이지. 저 또라이 뚫고 지나간 초소 애들 정말 좆됐다.' 하지만 정말 좆된 건 나였어요, 그날 이

후 진짜 좆돼버렸어요."

준혁은 어느 경우에도 주택의 이야기는 대박이라 생각했다. 하나 뺄 것 없이 시나리오에 넣을 수 있을 것 같았다. 설령 지어낸 이야기라 해도 상관없었다.

준혁은 답을 달았다.

"대박!"

이어 지랄을하세요의 답글이 올라왔다.

"저는 군미필이라 그닥 실감이."

혜경이 답글에 답글을 달았다.

"군필, 미필을 떠나 오랜만에 웃네요. 웃으면 안 되는데 말이죠. ㅎㅎ 아무튼 함께하는 저승길 심심하진 않겠어요. 이러다 살고 싶은 필 돋으면 어쩌나. 근데, 북한 넘어가다 걸리면 벌받지 않나요?"

그 글에 경찰 출신 슬기가 답글을 달았다.

"국보법 위반이에요. 잠입탈출죄."

슬기의 답글에 주택은 다시 답글의 답글을 달았다.

"그래서 갔어요, 조사받으러…… 조사관이 인사말로 시비를 걸어오대요. 정말 29세 맞냐구요. 기분 확 잡쳤어요. 스무 살은 더 먹어 보인다고 했으니까…… 그러곤 '한마디로 북한이 좋을 것 같아 넘어가려 했다는 거죠?' 하대요. 퉁명스럽게 맞다고 했지요. 그 이유를 대라기에 퉁명 곱하기 5로 답했지요. 열아홉 나이에 영농에 종사하기로 마음먹고…… 그 짜식들이 말하는 소위 영농 정착과 발전을 위한 교육도 열심히 받고 그랬다고. 그랬더니 '그 짜식들이라니요?' 하대요. '공무원 나부랭이들, 그냥 책상에 앉아 씨부리기만 하고, 현지 상황은 좆도 모르는 새끼들'이라고 답했죠."

이어 지랄을하세요가 답글을 달았다.

"하영욱이라 합니다. 저도 공무원 출신인데…… 안 봐도 비디오네요."

이어지는 주택의 글.

"심하게 말했나 싶어 조사관의 눈치를 보며 잠시 머뭇거리는데, 좀더 해보라 하대요. 그래서 속에 든 거 다 털어놓았어요. 정착 자금, 설비 자금 등 융자받은 게 문제였다고…… 한우 사육하라 해서 빚내서 한우 샀더니 구제역 돌아서 매장해야 했고, 돼지 사라 해서 돼지 샀더니 아메리카돼지열병 걸려서 매장해야 했고, 마지막이라 생각하고 돈 들여서 닭장을 크게 지어 그것도 냉난방 시설까지 갖춰 닭을 키웠더니 조류독감으로 모조리 살처분해야만 했다고…… 그랬더니 이번엔 무식한 놈이라고 약 올리대요. 아메리카가 아니고 아프리카라고. 그래서 말했죠, 아프리카든, 아메리카든 우리 토종 아니지 않냐고…… 그리고 거기에다 덧붙여 말했어요. '이런 말 있잖아유. 내일 지구의 종말이 와도 한 그루 배나무를 심어라. 그래서 진짜 마음먹고 배나무를 심었어유.

우수수 태풍으로 다 떨어져버렸지유…… 남은 건 빚밖에 없고, 집이고 뭐고 전부 경매되고 신용불량자 돼버렸어유' 했더니, 마침내 그 조사관이 딱하다는 표정을 지으며 '커피 한잔하실래요?' 하대요. 이왕 얻어먹는 거 먹고 싶은 거 주문했죠, 율무로…… 율무차를 홀짝이고 있는데 '큰 사건인 줄은 아시죠?' 하대요. 모르지만 큰 사건이었으며 좋겠다고 했지요. 북한 못 갈 바엔 감옥에서 살고 싶었어요. 일단 빚 없는 세상이잖아요. 밥도 먹여줄 것이고…… 조사관은 어이없다는 표정으로 진술서를 내밀며 읽어보고 사인하라 했어요. '국가보안법 위반이면 구속되겠지유?'라고 했더니 조금 전과는 달리 왕짜증을 내며 '그건 우리가 할일이구요. 일단 수정할 거 없음 여기 지장 찍읍시다'라고 했어요. 하지만 '구속되길 원합니다'라는 문구 안 넣어주면 지장 안 찍겠다고 했지요. 그렇잖아요, 곧 집도 날아가버릴 테니 잠잘 곳도 없을 것이고…… 계속 부탁하니까 인주를 코앞에다 놓고 '그건 우리가 알아서 할일이구요. 여기 지장이나 찍읍시다' 하고 들이댔어요. 세게 나오기에 안 되겠다 싶어 찍어줄라 했는데, 글쎄 이 양반, 내 오른손을 잡고 막…… 강제로 찍으려고. 그래서 왕짜증나서 말했죠. 가짜라고…….

"가짜?" 하고 슬기가 답글을 달자 주택이 바로 답글에 답글을 달았다.

"의수거든요. 몇 년 전 태풍 때 산사태 막아보려다가 오른손이 절단됐어요. 그래서 왼손 엄지로 지장을 찍고 나오는데 이 양반, 마지막으로 부아를 돋웠어요…… 배나무가 아니라 사과나무라고. 스피 뭐란 양반이 말한 거라고…….”

바로 올라오는 슬기의 답글.

“스피노자.”

준혁은 웃음을 참지 못했다. “개그프로보다 더 잼나요”라고 적었다가 지우고 ♡를 보냈다. 이어 올라오는 현아의 “사과나무. ㅜㅜㅜ, 우리에겐 먼 세상 이야기.” 혜경의 “웃픈 이야기입니다. ㅜㅜㅜ” 영욱의 “그 이후 다시 불려가지 않았나요?”

주택은 그중 영욱의 글에 답글을 달았다.

“아뇨…… 불려가기 전에 죽을 텐데요, 뭐.”

그때 처음으로 막대사탕의 글이 올라왔다.

“눈팅만 하다가 적어요. 강퇴당할 것 같아서. ㅜㅜㅜ”

방장 ‘뀨뀨’가 답을 달았다.

“막 그러려던 참이었어요.”

준혁은 막대사탕의 글에 주목했다. 막대사탕이 명수가 아니라면 남은 것은 두두와 가로수뿐이었다.

“최미진이라고 해요. 수능을 망쳤어요. 수학이 너무 어려워 포기하고 퇴실해버렸는데…… 알고 보니 다들 못 쳤다고. ㅜㅜㅜ”

그후 막대사탕은 한참 동안 들어오지 않았다.

내일도 해가 뜰까?

"잠시 딴 세상에 다녀온 느낌이에요. 고마워요."

혜경은 톡을 남긴 뒤 스마트폰을 껐다.

꿈을 꾸었다. 흰옷 차림의 청춘남녀들과 손을 잡고 들판을 달렸다. 하나같이 미소를 띠며 행복해하다가 절벽을 만났건만, 날개가 있는 양 개의치 않고 뛰어내렸다. 혜경은 콧노래를 불렀다. 이어 콧노래는 신음으로 바뀌었고 황급히 간호사가 문을 열고 들어왔다.

"괜찮아요? 이마에 땀 좀 봐."

혜경은 손으로 땀을 훔치며 말했다.

"몇 시예요?"

"그렇지 않아도 깨우려 했어요. 6시예요."

"밖에 비가 오나봐요?"

그 말에 간호사가 블라인드가 내려진 창을 보며 물었다.

"어떻게 아셨어요?"

혜경은 잠시 눈을 감았다가 답했다.

"다른 날과 달리 자동차 클랙슨소리가 크게 들리니까요. 어릴 때 고향집 근처에 철로가 있었어요. 평소에는 잘 들리지 않던 덜컹덜컹 그 소리, 비 오는 날엔 파동을 이루며 귓속을 파고들었어요. 그때는 여행을 떠나는 기분이었죠."

"어디로요?"

"원숭이들이 있는 곳."

"원숭이요?"

작지 않은 간호사의 눈이 더 커졌다.

"네. 원숭이."

"원숭이를 좋아하나봐요?"

"네. 그중에서도 담배 피우는 원숭이."

"하하. 재밌네요."

간호사의 웃음이 자동차 클랙슨소리와 함께 삐걱거렸다. 모두 저세상 소리처럼 들렸다. 주사를 맞은 뒤에는 더 그랬다. 날개 없이 날아다니는 기분. 그러다가 쿵 떨어지는 느낌을 받을 땐 조금 전처럼 음악까지 비명처럼 들렸다. 그러면 아주 조그만 기차가 몸속에서 달리고 있는 느낌을 받았다. 기차가 갈비뼈를 지날 때

쯤엔 한쪽 무릎을 굽혀야만 했고 있음 직한 자궁을 지날 때는 치익 하고 증기가 새어나오고 삐익 기적소리가 이명으로 들렸다. 그럴 때면 화통에다 땔감을 최대한 던져 넣는 시늉으로 허공을 손톱으로 마구 할퀴었다.

간호사가 나가자 혜경은 가방을 열어 옷을 꺼냈다. 흰색 티에 검은색 라텍스 초미니스커트, 그리고 하이힐. 입고 있는 치마를 벗는데, 팬티 위로 불룩 남근이 솟아올랐다.

◆

립스틱으로 거울에다 뭔가 그리려다 말았다. 거울에 남겨진 주홍색 자국이 맨드라미 꽃술처럼 보였다. 그 주홍색 자국이 말을 한다면, 어느 영화에서처럼 이번 한 번만 죄짓고 우리 평생 회개하며 살자 할 것 같았다. 단 한 번도 죄짓지 않고 살다가 그 아껴놓은 죄를 세상에서 가장 아끼는 이와 짓는 일. 혜경은 정말 그런 죄를 짓고 싶었다. 그래, 지금 저 거울의 립스틱 자국, 가장 아끼는 이에게 배신을 당하고도 후회하지 않을 사랑의 게릴라가 남긴 것이다. 천생 정부인 여인이 피보다 더 진한 붉음을 흩뿌리고도 편지 한 장 전하지 못하고 슬피 우는 것이다. 혜경은 죽을 때도 야하게 죽고 싶었다. 터진 미니스커트에 핑크하트 컬칩 레이스가 드리워진 블라우스 첫 단추가 풀린 채…… 관 속으로 들어가기 전 면도도 해주었으면 했고, 하트 문신이 선명하게 드러나도록 허벅지 털도 깎아주었음 했다. 처음 만난 그날처럼 바람 불고 비 내리고, 화장도 안 했는데 곱게 들어갔다는 소리를 듣고 싶었다.

거울의 립스틱 자국은 점을 넘어 선이 되더니 알 수 없는 그림이 되어갔다.

◆

테이블 위에는 양주병과 잔들, 과일 안주가 담긴 쟁반, 햄버그 스테이크 조각들, 포크들이 놓여 있었다. 갑자기 손님 하나가 혜경의 가슴 속으로 손을 집어넣었다.

"가만있어봐, 오빠가 아니, 형이 즐겁게 해줄게."

사내는 갈수록 저항하는 혜경의 목을 누른 뒤 가슴 속 뽕을 꺼내 테이블 위로 던졌다.

"와우, D컵이네."

옆 치들이 껄껄 웃었다. 혜경이 테이블 위 뽕을 잡으려는 순간 사내는 혜경의 스커트 속으로 손을 밀어넣고 움켜쥐며 말했다.

"어이구, 내 거보다 더 크네. 한주먹이다!"

혜경은 포크를 집어들고 내리찍었다. 비명소리가 들리고 사내는 손을 번쩍 들어올렸다. 손등에 꽂혀 있는 포크가 샹들리에 조명에 반짝였다.

화분과 강아지

아예 벨소리를 그룹별로 달리했다. 가족, 친구, 학교, 학원……. 가족은 다시 엄마, 아빠, 친척. 친구는 아주 친한 친구, 대충 친한 친구, 보기 싫은 친구, 기타 수신 거부 등. 그렇게 가려서 전화를 받았다. 수능 이후부터는 더 그랬다. 벨소리가 〈Sunrise〉였으니 아주 친한 친구인 셈이었다.

"미진아, 괜찮아?"

진정으로 걱정해주는 목소리였다.

"죽고 싶어 그냥……."

미진은 진정으로 죽고 싶은 목소리를 냈다.

"힘내! 삼수해야지……."

"공부는 끝이야. 아니, 내 인생 자체가 끝이야."

"그딴 소리 말고…… 사실 대학 다녀보니 별거 없더라. 차라리 고3 때가 낫지."

진정 거짓말로 들렸다.

"미친년, 어떻게 나한테 그런 말을 할 수 있어?"

"아니, 오해는 말고……."

"그만 끊어라!"

폰을 던지고 베란다로 간 뒤 화분과 화분 사이에 앉았다. 해뜰 무렵에는 인도가 원산지인 벤자민이 한국의 춘란을 넘어 브라질이 원산지인 부겐빌레아의 꽃분에까지 그림자를 드리웠다. 해질 무렵에는 아프리카가 원산지인 떡갈잎고무나무가 중국의 관음죽을 넘어 부겐빌레아, 춘란, 벤자민의 꽃분에까지 그림자를 늘어뜨렸다. 그림자가 있는 낮을 1, 그림자가 없는 밤을 0이라 하고 그 사이를 지나다보면 꽃분들 사이에 스위치가 달려 있는 듯 연결과 단절을 느꼈다. 발 묶인 것들의 희망, 그리움을 '이다', '아니다'만으로 나타낼 순 없다고 생각했다. 무엇보다 지구의 대척점에 고향을 둔 나무들이 같은 시각에 떠오르는 태양 앞에서 그들의 키만큼만 그림자를 드리울 수 있다는 것은 잔인하다고 생각했다. 그렇다면 지금 그녀에게 희망은 무엇이며, 또 무엇을 그리워할 수 있는가. 미진은 꽃분 하나하나를 들여다보았다. 그들과 그녀 사이의 스위치 또한 0으로 꺼져 있음을 느꼈다.

문자가 왔다. 모르는 번호였다.

"안녕하세요. ^^ 1393 상담사입니다. 기분은 좀 어떠세요? 그저께 저와 상담 나누었는데, 기억하시는지요? 이상하게 이런 감정이 없었는데, 계속 마음에 맴돌아서 문자 드려요. 원래는 상담사 전화번호를 노출하지 않는데, 편한 친구가 되고 싶어서 오픈해요. 그냥 마음이 힘드실 때 문자도 좋고, 전화도 좋습니다. 솔직히 예쁜 목소리에 반했습니다. 우리 사귀어보실래요? ♡"

울음이 터져나왔다. 거실로 들어가 소파 옆에 놓인 골프채를 들고 나왔다. 베란다 화분들을 부수려고 높이 드는데, 딩동 하고 현관 벨이 울렸다.

◆

위치 추적 앱은 아파트 단지 한 건물에 까만 점을 찍고 있었다.

"단지 내에 있는데…… 108동 옆 상가건물 같은데."

미진 엄마는 스마트폰을 보며 걱정스러운 눈빛을 감추지 못했다.

"강아지 데리고 나갔으니, 어디 멀리 갔겠어? 그리고 다 컸어…… 스무 살이야, 옛날 같으면 시집가서 애 낳을 나이야. 제발, 좀!"

TV 화면에는 맥도날드 LPGA 챔피언십이 방영되고 있었고 미진 아빠는 퍼팅 연습을 하다가 집중이 안 된다며 짜증을 냈다.

"쟤가 요즘 좀 이상하니까 그렇지요. 조금 전엔 한강 쪽에 찍히기에 가슴이 철렁했어요."

미진 엄마의 입술이 떨렸다. 말이 찢어진 문풍지 사이로 바람 빠져나가는 소리 같았다.

위치추적 앱은 정확했다. 바로 그 상가건물 옥상 위에서 미진은 강아지를 안고 있었다. 난간 위로 올라섰지만 위치추적 앱은 높이는 표시하지 않기에 그냥 점으로만 멈춰 있었다.

아파트에 주차된 자동차들이 장난감처럼 보였고 지나가는 사람들이 레고 인형처럼 느껴졌다. 순간 미진은 고소공포에 주저앉아버렸으며 강아지는 저만치 달아났다.

사실은 살고 싶은데……

'어디 가는 걸까?'

순간적으로 불길한 예감이 들었다. 준혁은 그의 손이 마치 구세주의 것이라도 되는 양 흔들었다. 버스를 기다리는 명수가 그의 손을 볼 수 있다면 이런 경우뿐일 것이다. 명수의 눈길이 버스가 오는 반대편 길의 무성한 가로수 잎사귀들을 헤치고 나가 지나가는 자동차들을 피하고 마침내 건너 편의점, 그것도 창을 뚫고 계산대 쪽에 닿을 경우. 하지만 준혁은 고집스럽게 손을 흔들었다.

146번 버스 노선을 검색했다. 상계10동 우체국에서 강남역까지였다. 군자교, 영동대교, 성수교 등을 지났다. 준혁은 "한강, 한강, 한강" 하며 전화를 걸었지만 명수의 전화는 꺼져 있었다.

◆

　버스에서 내려 한참을 걸었다. 그런 인력사무소는 보통 대로변에 있다 하더라도 간판이 작아 잘 안 보이거나 가로수에 가려 붙은 간판마저 잘 보이지 않았다. 운이 좋아 이번에는 예외였다. 반대편 횡단보도에서도 '구인, 구직'이라 적힌 아크릴 간판이 슬래브건물 3층에 떡하니 붙어 있는 것을 볼 수 있었다.

　50대 후반으로 보이는 소장은 명수를 훑어보다가 고개를 저었다. 분위기를 파악한 명수는 꺼져가는 불꽃에 후 하고 세찬 입김을 불어넣는 느낌으로 말했다.

　"할 수 있습니다. 공사판에서 벽돌을 한꺼번에 수십 장씩 날라봤습니다."

　소장은 또다시 고개를 저으며 짜증을 뱉었다.

　"내 눈에는 그렇게 안 보인다니까! 아, 거 특별히 좀 잘하는 거 없어?"

　"특별히요……?"

　"거시기 콘크리트 타설이나, 벌초 같은 거."

　벌초해본 경험이 없는 명수는 타설을 물고 늘어져야만 했다.

　"타설……요?"

　"콘크리트치는 거…… 몰라?"

　"야구 배트 같은 걸로 치나요?"

소장은 기가 막혀 한숨을 내쉬었다.

"전번이나 남기고 가슈. 일 있음 연락할 텐게……."

소장은 툭 던지듯 메모지와 볼펜을 내놓았고 명수는 소용없다는 것을 알면서도 또박또박 연락처를 남겼다.

◆

번호 키를 눌러보았지만 반응이 없었다. 다시 눌러보았다. 인기척이 들리고 문이 열렸지만 낯선 사내가 서 있었다. 깜짝 놀랐다. 자기 방이 아닌가 하고 방문을 훑어보았지만 방문 위 스크래치가 또렷이 보였다.

"누구신지요?"

잠에서 덜 깬 듯한 낯선 사내 앞에 명수는 미안함을 느꼈다. 미안함은 곧 비참함을 불러왔다.

"아, 아닙니다. 잘못 찾아왔네요."

곧장 사무실로 향했다. 본능적으로 미키부터 찾았다. 주인아줌마는 열쇠 꾸러미를 들고 창고 쪽으로 갔다. 문을 열고 짐 보따리 몇 개와 밑에 깔린 상자를 꺼내려 했다.

"아줌마, 죽어요! 그렇게 짐짝 밑에디 두면 어떡해요!"

주인아줌마의 삿대질이 시작되고 작지 않은 그녀의 입은 따발총처럼 말들을 쏴댔다.

"염치가 있어야지! 누가 그딴 쥐새끼를 키우라고 했어요! 고시원은 공중시설이야. 전염병 돌면 네가 책임질 거예요? 밟아 죽이지 않은 걸 고맙게 생각해야지. 방 소독비나 내놓고 가! 어휴, 냄새는…… 머리 깨지는 줄 알았네요."

쓰레기분리수거장에서 짐을 정리했다. 무심결에 편의점 쪽으로 눈길을 돌렸지만 계산대에 준혁은 없었다.

그림 속 강아지 발

지하철은 각자 고독의 깊이만큼 달린다. 나에게는 팔을, 너에게는 다리만을 줄 것을 우리는 다 갖추었기에 혼자다. 종로 3가에 내릴 그는 종로 5가에 내릴 나와 무슨 상관이랴. 없어지면 없었다 생각하면 그만이다. 우린 칸칸으로 실려가다가 역 차이만큼 세상을 뜬다. 1호선이 2호선보다 더 실감이 난다.

그 실감나는 1호선에, 그것도 막차에 올랐다. 선반 위에 백팩을 올려놓고 햄스터 상자를 껴안은 채 눈을 감았다. 몇 정거장이나 지났을까. 잠에서 깬 명수는 차창 밖 기둥에 붙은 '서울역' 팻말을 보고 내렸다.

지하도로 내려갔다. 노숙자 몇몇이 자리를 깔고 누워 있는 것이 보였다. 명수는 가능한 한 그들과 떨어진 곳에 잡으려고 애썼다. 마침내 자리를 잡고 신문지로 머리를 덮은 뒤 미키를 꼭 껴안 았다. 스르르 잠이 왔다. 자는 동안에는 부자도, 가난뱅이도 모 두 평등하다. 눈이 있든 없든 보이지 않으며 특급호텔 침대에서 든 지하도 시멘트 바닥에서든 팔다리를 쓰지 않아도 되고, 머리 를 굴리지 않아도 된다. 예외는 있다. 또다른 이가 내 침대라 주 장하거나 내 시멘트 바닥이라 주장할 때다. 그치가 나보다 힘이 셀수록 잠은 불평등해진다. 후드득 신문지 위로 떨어지는 물방울 소리에 눈을 떴다. 한 손에 빠루를 든 사내가 명수의 머리 위에다 소변을 보고 있었다. 소변 줄기 사이로 흔들리는 배척의 질감이 거칠게 다가왔다.

"일어나! 새끼야…… 내 자리야!"

모두가 자신보다 강해 보일 때는 아무도 없는 곳으로 가야 한다.

명수는 그날의 그 자리를 찾았다. 동네 공원 벤치였으며 그네 와 미끄럼틀 사이로 힐끗 이발소 간판이 보이는 곳이었다. 마지 막 이발을 거기서 했으며 머리를 깎는 동안 이발사는 많은 이야 기를 들려주었다. 딸이 농협에 취직했다, 휘발유보다 경유가 더 비싸지겠다, 보일러가 터졌다 등. 하지만 이야기의 반은 명수의 귀에 들어오지 않았다. 벽에 걸린 그림 때문이었다. 어미 개와 강 아지 열 마리를 그리고 있는, 한 화가를 그린 그림이었다. 그중 한 마리가 캔버스 밖으로 발을 내밀어 그림 속 화가에게 건네고 있었다. 그림 속 그림의 강아지의 웃음, 그림 속 화가의 웃음, 그림 밖 그의 웃음이 삐거덕거리지 않고 번져나갔다. 그제야 자신의 말을 건성으로 듣고 있다는 것을 안 이발사도 웃었다. 그렇게 8,000원을 주고 머리카락을 잘랐을 뿐이었건만 뇌수술을 받은 느낌이었다. 밖으로 나오니 함박눈까지 내리고 있었다. 건너 성당의 마리아상 속눈썹에까지 쌓일 기세였다. 공원 놀이터가 보이고, 빈 벤치 위에 눈이 쌓이고, 말 그대로 고요한 밤, 소시민을 위한 밤인 듯했다.

지금 그 자리에 눈 대신 낙엽이 쌓이고 있다. 그날 그 소시민 중 하나가 같은 벤치 위에 낙엽을 이불 삼아 누워 있다. 건너편 그 건전이발소 벽에 걸려 있을 그림 속 강아지 발이 유난히 그리웠다.

띵샤를 쳤다. 윙윙 소리는 사라져가는 희망, 다가오는 절망의 메아리로 들렸다. 입술을 깨물며 스마트폰을 켰다.

"웬일이야, 이 밤에?"

현호의 목소리에는 잠이 서려 있었다.

"뭔 일 있어?"

마지막이라 생각하니 한 사람에게만은 자신의 마지막을 전해야만 할 것 같았다.

"현호야……."

"응, 말해."

"……."

"야, 너, 지금 어디야?"

현호는 명수의 침묵을 읽었다.

"이 새끼가 진짜…… 가시나 하나에 목숨 건다고?"

"걔 때문이 아니야. 벌써 잊었어."

"그럼?"

"그냥 살기가 싫어."

"어디야, 어디냐고?"

명수는 울먹였다.

"쪽팔리게…… 혼자 죽을 용기가 나질 않아."

"야, 어디야, 어디냐고!?"

전화를 끊었다. 잠시 후 다시 벨이 울렸지만 받지 않았다. 벤치 옆 소나무를 힘껏 주먹으로 쳤다. 아프지 않았다. 멍든 주먹보다 가슴이 몇 배 더 아렸다.

D-4

규규는 톡방을 정리했다. 눈팅만 하는 회원, 아니다 싶은 회원, 수상한 회원.

"몇몇 회원을 정리하겠습니다. 이 시간 이후 이 방은 폭파됩니다. 방 이동해주십시오."

규규의 글을 읽고 다들 나가기 시작했다. 준혁이 제일 먼저 나갔으며 주택이 마지막으로 나갔다. 이어 새 톡방으로 속속 들어왔다. 준혁이 첫 톡을 보냈다.

"정리 기준은요?"

바로 뜨는 규규의 답글.

"개인적으로 판단하여 아니다 싶은 사람들이었습니다."

이어 또다시 준혁의 글.

"'아니다'의 기준은요?"

바로 뜨는 뀨뀨의 답글.

"개인적이라고 말씀드렸습니다. 덧붙이면 원래는 1020 여성끼리만 하려 했습니다."

가로수가 처음으로 "안녕하세요"라고 글을 올렸다. 준혁은 그가 명수일 거라 직감했다. 답글을 달았다.

"반갑습니다."

하지만 가로수는 답하지 않았다. 잠시 소강상태가 이어지고 글이 올라왔지만 다시 뀨뀨의 것이었다.

"먼저 실행방법을 정해야겠는데, 의견들 주시죠."

이어 올라오는 답글들. "번개탄, 고층건물 옥상, 헬륨가스, 수면제." 그중 번개탄이 넷으로 가장 많았고 이어 수면제 둘, 고층건물 옥상, 헬륨가스가 각각 하나씩이었다.

"번개탄으로 하겠습니다"라는 뀨뀨의 글에 준혁이 답글을 달았다.

"번개탄, 수면유도제 함께하면 어떨까요?"

이어 올라오는 답글들.

"네, 좋아요, 찬성합니다."

"실행 장소에 관해 의견들 주십시오."

뀨뀨의 글에 달리는 답글들. "서울 근교 펜션" "호텔" "시골 폐교" 그중 서울 근교 펜션이 넷으로 가장 많았으며 그렇게 장소도 정해졌다.

"실행 일자에 관해 의견들 주십시오."

뀨뀨의 글에 달리는 답글들. "당장이요." "일주일 뒤쯤요." "내일."

준혁이 답글을 올렸다.

"4일 뒤가 어떨까요?"

이어 올라오는 답글들. "네, 좋아요." "4자가 마음에 들어요." "괜찮아요." "그냥 따를게요."

준혁은 자신의 페이스대로 몰고 가려 했다.

"이건 개인적인 생각인데, 그래도 마지막 가는 길, 덜 허전하게 떠난다는 의미에서 간단한 의례는 치렀음 합니다."

답글이 올라오지 않았으며 소강상태가 이어졌다.

준혁이 머쓱해할 즈음 주택이 답을 달았다.

"뭐 그리 복잡합니까? 당장 집 비워줘야 해요. 빨리 죽자구요!"

그때 잠자코 있던 가로수가 글을 올렸다.

"그냥 서로 돕기만 해요. 보다 쉽게 죽을 수 있도록……."

준혁은 빙그레 웃었다. 혼잣말로 가로수의 글에 명수의 말투를 입혀보았다. 자연스럽게 들렸다. 내용 또한 돕는다는 것으로 위클리 맨을 떠올리게 했다.

어떻게 해서든 실행시간을 늦춰야만 하는 준혁은 가능한 많은 이벤트를 계획했다.

"그럼 마지막으로 먹고 싶은 음식 정도는 마련해 갑시다."

곧바로 올라오는 답글들. "뭐 구질구질하게 음식을 배 속에 넣고 갑니까?" "최후의 만찬 같은 건가요?" "알아서들 하면 되지 않겠습니까?"

그때 톡방에서 두두가 빠져나가고 뀨뀨가 답글을 올렸다.

"건전지님, 마지막 음식 건은 없던 걸로 하죠."

준혁은 뀨뀨의 답글에 답글을 달았다.

"그래도 이승에서 마지막 음식이 될 텐데요."

그때 혜경이 글을 올렸다.

"생각해보니 몸속에 넣어서 가고 싶은 게 있긴 있네요."

이어 올라오는 가로수의 글.

"그러고 보니, 저도 배 속에 넣어서 가고 싶은 게 있네요. 조금 전 올렸던 글 취소합니다."

준혁은 가로수의 글에 반사적으로 답글을 달았다.

"그게 뭔지 알 수 있을까요?"

곧바로 올라오는 가로수의 글. "치즈소시지요."

준혁은 빙그레 웃었다. "믹스커피는요? 화이트골드 말이에요?"라고 썼다가 지웠다.

그때 잠잠하던 영욱이 글을 올렸다.

"신발 한 짝 더 갖고 오세요."

이어 올라오는 답글들. "왜요?" "종류는요?" "신던 거 말인가요?"

하지만 영욱은 답하지 않았다.

다시 소강상태가 이어지고 올라오는 뀨뀨의 글.

"이제 정리하겠습니다."

실행방법 : 번개탄과 수면유도제

실행 일시 : 11월 30일

실행 장소 : 펜션(가평 부근으로 하면 어떨까요? 의견 주세요.)

마지막 음식 : 각자 알아서

기타 : 신발 한 짝씩

또 한번 소강상태가 이어지고 다시 뀨뀨가 글을 올렸다.

"막대사탕님, 의견 안 주시나요?"

최후통첩인 셈이었다. '내보내기'가 미진의 답글에 달려 있었다. 잠시 후 올라오는 막대사탕의 글.

"그냥 따르겠습니다."

그날의 의미

혜경(Dream girl)은 자신의 정체성을 나타내는 감정을 슬픔(슬픔 반, 기쁨 반)으로 풀었다. 그것은 그림 속 세상과 그림 밖 세상 차이였다. 여름 어느 날, 제주도 상잣성 숲길을 걷다가 혜경은 색다른 경험을 했다. 새 한 마리가 날자 숲의 밑자락이 굳기 시작하는 느낌. 나무들과 혜경은 거친 파피루스 속 풍경이 되어 원근을 잃어갔다. 그림 속에 갇히기 싫은 새는 푸드덕 날갯짓했지만 다리와 꽁지가 그림 속에 갇혀버렸다. 반 이상 그림이 되어버린 산그림자, 산들바람에도 팔랑거렸고 그림 밖 새의 몸통에서 떨어지는 깃털은 그림 속 치켜든 혜경의 얼굴을 간질이다가 옷자락 무늬가 되었다. 혜경은 무량한 점으로 이루어진 선임을 느꼈다. 기력을 다해 몸의 끝점을 그림 밖으로 밀쳐보았지만 빠져나가는 것은 해질녘 연기 같은 그녀의 그림자뿐. 믿을 것은 기도밖에 없었으나 기도는 몸의 지도를 더듬을 때만 들어주는 것이었으니 부피 없는 두 손을 모을 순 없었고…… 흐르는 구름 아래 정지된 숲, 몸통의 반이 그림 밖으로 돌출된 새, 깍깍 슬피 노래하다 기쁨으로 우는.

이제 '슬픔'에서 그 반이었던 기쁨이 바래져 있다. 곧 세상은 슬픔만으로 가득찰 것이다. 기쁨은 그림 밖, 저세상에서나 볼 수 있는 호사스러운 감정. 하지만 며칠 뒤면 그 그림 밖으로 뛰쳐나간다. 그렇게 생각하니 그날이 기다려졌다.

슬기(안보고싶다)에게 그날은 이별의 날이 아니라 만남의 날이었다. 갑작스레 장님이 될 이의 망막에 맺힐 마지막 풍경처럼 그 사람을 잊지 못했다. 왜 슬픈 것들은 정지된 시간을 갖는가. 그가 살아나간 시간대와 그녀가 죽어나갈 시간대 사이 비로소 신이 필요하구나, 생각했다. 지독한 단층, 그 사이 입술을 내밀어 서로 다른 체온으로 마지막 키스라도 했어야 했나……. 이제 그 사랑을 만나러 간다. 제발 먼저 간 그가 뒤에 올 그녀를 기억해주길 바랐다.

현아(ㅠㅠ)에게 그날은 말 그대로 더러운 세상과 작별하는 날이었다. 저세상에 대한 기대가 없어도 좋았다. 그저 헤어짐은 바람처럼 해야 한다고 생각했다. 바람이 나무와, 바람이 별과, 바람이 또 바람과 어떤 이별을 하던가. 그냥 스쳐갈 뿐 뼈도, 눈물도 남기지 않고 장삼 자락만 흔들지 않더냐. 세상 모든 것이 떠날 때 찌꺼기를 남기건만 머문 적 없다고 바람은 자리마저 쓸어버리지 않더냐…… 현아는 그렇게 바람처럼 미련 없이 세상을 뜨고 싶었다.

영욱(지랄을하세요)에게 그날은 우울과 공황장애에서 벗어나는 날이었다. 그는 스스로 자신에게 징역형을 내렸다. 가로수 잎맥들이 숫돌에 갈린 칼날처럼 보이던 어느 날, 아프지 않기 위해 자신을 가두었다. 창에는 새들이, 나무들이 거꾸로 매달리고 거울이 있는 방의 풍경은 외길을 내고 있었다. 그 길은 문득 마름모꼴 모서리에서 끊어졌지만 이름 없는 간이역의 어긋난 철로처럼 엽서 크기의 창 너머로 풍경이 되곤 했다. 끝자락에는 또다른 그가 나아가지 못한 채 창 속의 그를 바라보고 있었고 창밖에는 바람 불어 위태롭다고, 낙엽 한 장에도 살이 베일 수 있다고 창밖의 그에게 거울 안으로 들어오라고 했다. 창밖의 그는 두 팔을 벌렸다. 아래는 아찔한 낭떠러지, 옷섶이 세찬 바람에 유쾌해 보였지만 착시였다. 비틀거리며 발을 떼는 모습에, 이마에 땀이 배었다. 혼잣말을 뱉었다.

"아프지 마. 나 때문에…… 시련은 행복과 동의어야."

그 말에 창밖의 그가 답했다.

"길이 없어, 돌아와……."

그렇게 마름모꼴 방 안에서의 시간은 난반사되었다. 하루는

72시간이기도, 48시간이기도, 12시간이기도 했다. 그는 자신에게 내린 형기가 하루바삐 끝나기를 바라는 모순을 참을 수가 없었다. 이제 그런 그가 자신에게 사형선고를 내리려 한다.

미진(막대사탕)에게 그날은 도피였다. 수능을 망쳤으니 더이상 살 이유가 없었다. 특히 부모의 기대는 그녀로 하여금 숨을 못 쉬게 만들었다. 그녀에게 그날은 숨을 쉬기 위해 숨을 끊는 모순의 날이었다.

전날, 미진은 꿈을 꾸었다. 조그마한 식당이었다. 자리에 앉기도 전, 그림 한 폭이 눈에 들어왔다. 어찌나 맑고 고운 물이 골짜기로 흘러드는지 넋을 잃고 쳐다보았다. 살짝 뛰어들고 싶었다. 몰래, 식당주인의 눈치를 본 뒤 몸을 구부려 그림 가장자리, 붓터치가 두꺼운 개울둑에 발을 들여놓았다. 주방에서는 달그닥달그락 그릇 씻는 소리, 화장실에서는 쏴 물 내리는 소리. 하지만 그림 속에는 주걱 모양의 꽃다지가 지고 그 너머 논둑에는 금마타리, 비비추, 모싯대가 몸을 꼬아 피어올랐다. 개울에 발을 들여놓는 순간 깜짝 놀랐다. 여름 풍경에 물이 얼음장 같았으니까. 불덩이 같은 그녀의 발을 잡아주는 개울의 손바닥은 참으로 시원했다. 갈수록 붓 터치가 여려져가는 저 너머 골짜기에는 하나 점으로 끝나는 오솔길이 있었다. 길은 자전거 한 대나 둘이서 팔짱을 끼고 걸으면 딱 맞을 너비였으나 화가는 많은 것을 생략한 듯했다. 구불구불 점으로 끝나지 않고 캔버스 너머 뒷산들을 넘고 있었다. 길 끝에는 단칸방이지만 개 한 마리 키울 마당 있는 오두막 한 채 있을 거란 생각이 들었다. 주문한 음식이 나오기 전에 오두막과 맞닥뜨렸지만 왠지 문고리 당기기가 두려웠다. 그 집 주인이 그녀였으면 했지만 막상 당기면 그녀가 있을 듯해서였다. 그렇게 꿈에서조차 도망을 꿈꾸었건만 도망칠 수 없었다.

주택(오하마)에게 그날은 일차원적이었다. 자살하는 방법으로 오함마(슬레지해머) 대신 번개탄을 쓰는 날이었고, 그래서 불만인 날이었다.

구제역 걸린 소를 오함마로 때려 살처분하곤 했다. 소들은 한 방에 숨을 거두었지만 오함마로 자신의 정수리를 치는 일은 쉬운 일이 아닐뿐더러 실패하는 날에는 평생 불구로 살게 될지도 몰랐다. 귀농 후 며칠 안 된 어느 날이었다. 몇 가구 안 되는 마을에서 고사를 지냈다. 고사상 위 돼지머리, 웃는 얼굴을 위해 사후 강직 전 주둥이에 물리는 재갈이 삐뚤게 물렸는지 한쪽으로만 입을 실룩대고, 눈에 꽂는 이쑤시개가 한쪽 눈에는 빠뜨리고 삶았는지 배시시 짝눈으로 웃고 있었다. 근데 그 웃음, 치켜올라간 입에다 지폐 몇 장을 끼우니 쓴웃음으로 보였다. 그날 이후 돼지머리에 끼워진 돈이 주택의 머릿속에서 지워지지 않았다. 모든 것이 돈 때문이라 생각했다. 실행 당일 아침, 주택은 5만 원권 지폐를 물고 거울 앞에 섰다. 누가 뒤에서 목만 쳐주면 될 일이었다.

명수(가로수)에게 그날은 그림자를 끊는 날이었다. 자신의 그림자는 물론 타인의 그림자까지 아니, 모든 생명의 그림자와 이별하는 날이었다. 어린 시절 허공에 삼각형을 그리며 자신의 몸을 집어넣으려는 버릇이 있었다. 선분에 다리가 접히고 발끝이 닿아 앞으로 고꾸라지고, 꼭짓점에 머리가 찔려도 몸을 구겨넣으려 했다. 그 속에 무엇이 있는지 밖에서도 훤했건만 그곳을 뚫고 나아가려 했다. 어느 날 몸보다 작게 그려지는 삼각형이 불쑥 자라나거나 몸보다 작은 팔이 몸보다 큰 삼각형을 그려낼 때 비로소 그는 밖에 있었다. 그 밖에서 안을 들여다보았다. 나오지 못할 자신의 그림자를…… . 여전히 눈, 코, 귀, 입을 달고 있을 잘려버린 그림자를, 그 그림자를 열매처럼 달고 있을 나무들을, 그 발 없는 나무들을 얇은 깃털로 희롱할 새들을, 그 기하 밖 새들의 눈 속에 흐를 유심했던 저 강물의 분자들을, 세월이 흘러 그 삼각형의 선분들이 말라 갈대처럼 바스스해지고 돌이킬 수 없는 도형이 되어버릴 때, 그는 저편에 머물고자 했다. 아스팔트 위, 하나의 점으로.

곧 아스팔트 위는 아니지만 가평 어느 펜션 방바닥에서 번개탄 연기와 함께 모든 그림자와 작별할 예정이었다.

명수는 세상사 많은 것이 '차라리'로부터 나오고 '차라리'로 끝난다고 생각했다. 하지만 전혀 색다른 차라리와 맞닥뜨린다면 그림자들과의 이별도 알 수 없을 일이었다.

준혁(건전지)에게 그날은 프라푸치노 같았다. 아이스크림과 카푸치노와의 만남. 차고 뜨겁고 쓰고 달고…… 명수를 비롯한 회원들을 죽음의 늪에서 구하고 이 교수가 말하는 시나리오의 디테일과 경험 확대를 위한 날이었다. 하지만 단순히 체험에 그칠 일이 아닐 수도 있었다. 그렇다고 커피를 싫어하는 그가 프라푸치노에서 아이스크림만을 빼내 먹는 일은 불가능해 보였다. 어쨌든 최선을 다해 달콤한 맛은 취하고 쓴맛은 버려야만 했다.

◆

준혁은 전자상가에서 단추 크기의 몰래카메라를 구입했다. 약국으로 가서는 소화제를 병째로 샀다. 병에 붙은 라벨을 떼어낸 뒤 이 교수에게 톡을 보냈다.

"교수님 덕분에 귀한 체험, 그것도 직접 체험을 하게 되었습니다. 몰래카메라까지 준비해서 갑니다. 11월 30일 오후 2시부터구요. 실시간 영상 보시려면 Play 스토어에서 Alfred Camera 폰 앱을 다운받으시면 됩니다. 비번은 4444. 시나리오 공모전에 당선되면 한턱 아니, 두턱 쏘겠습니다. 첨부하는 사진은 소화제 100알이 든 병이에요. 수면제라고 속일 겁니다."

준혁은 실행 당일 방 안 풍경을 상상해보았다. 죽음을 앞둔 20대 남녀, 어떤 표정을 지을까. 어떤 말을 남길까.

배 아래쪽에 신장 수술 자국처럼 보이기 위해 테이핑을 했다.

몇 번 시도 후 거울에 비춰보곤 만족한 듯 웃었다. 하지만 그 올라간 입꼬리는 이 교수가 보내온 톡으로 인해 바로 내려갔다.

"위험해. 그만둬. 난, 이 톡 안 받은 걸로 하겠네."

프라푸치노에 뜨거운 커피가 리필된 느낌이었다. 그렇다고 지금에 와서 그만둘 수는 없었다. 준혁은 민우에게 톡을 보냈다. "11월 30일 오후다. 난 하면 한다."

잠시 후 민우에게서 톡이 왔다.

"야, 장소는? 몰래카메라는?"

3부

세상은 구석을 향해 닫혀 있지만
구석은 세상을 향해 열려 있다.
세상 힘든 것들 구석으로 몰리건만
구석은 묵묵히 그 어깨들을 받쳐준다.

청춘열차

늘 그렇듯 청량리역은 북적거렸다. 바닥에 떨어진 빨다만 사탕을 집게손가락으로 번쩍 들면 비뚤비뚤 이내 흩어지는 개미들처럼 뒷사람 풀어지고, 풀어졌다 조여지고, 그렇게 환승 내지 환생하는 곳이었다.

왼손에 든 스마트폰이 회원임을 알리는 표시였다. 현아가 제일 먼저 도착해 있었다. 잠시 뒤 혜경이 다가와 현아에게 인사했다. 스마트폰을 들고 있지 않아도 알 수 있을 것 같았다. 세상 마지막 날을 맞이하는 이의 표정은 눈이 아닌 코, 귀로도 느낄 수 있을 정도로 초감각적이었나.

"사공철호임다."

Dream girl을 본 현아는 깜짝 놀랐다.

"장혜경이 그럼?"

"네, 딱 오늘뿐이잖아요."

혜경은 터진 미니스커트에 핑크하트 컬칩 레이스가 드리워진 블라우스를 입고 있었다. 결혼식장을 막 빠져나와 허니문여행 직전의 신부처럼 보였지만 가까이서 보면 술집마담 역을 맡은 단역배우 같았다.

매표소 주위로 다들 모여들었다. 저마다 백팩 혹은 손가방 하나씩을 지녔다.

"아니, 여긴 어떻게?"

준혁을 본 명수는 깜짝 놀랐다.

"가로수 맞지? 나, 건전지⋯⋯."

명수는 눈을 감았다. 무슨 계시라도 받은 표정이었다.

"넌 계속 내 위클리 맨이야."

그 말에 명수는 눈을 크게 뜨며 말했다.

"아무튼, 도와주러 왔다면 그럴 필요 없을 것 같고, 내가 널 도와줄 일은 더욱 없을 것 같고⋯⋯."

준혁은 웃었다.

"죽는 거 도와달라며?"

"이제 네가 도와주지 않아도 도와줄 사람들 많아."

준혁은 웃음을 멈췄다.

"나도 죽으러 왔어."

이번에는 명수가 웃었다.

"안 믿는구나. 어쨌든 둘 중 하나니, 함께하게 될 거야."

그 말에 명수는 일행들에게 다가갔다. 거기서 수군거리더니 다시 준혁에게 돌아왔다.

"도통 이해가 안 가네. 위클리 맨도 그렇고……."

준혁은 손을 내밀어 악수를 청했다. 명수는 준혁을 빤히 올려다보았다. 준혁이 자신의 죽음을 막으려 하거나, 그 역시 자살하러 왔거나 결론은 같다고 생각했다. 어쨌든 죽을 것이고, 준혁의 죽음은 또 준혁의 죽음일 뿐이었다.

저만치에서 주택이 왼손에 스마트폰이 아닌 탭을 들고 걸어왔다. 손이 워낙 커서 탭이 폰만큼이나 작아 보였다. 갑자기 여성 회원들의 표정이 어두워졌다.

구석은 더이상 나아갈 수 없는 곳이지만 더이상 나아갈 필요도 없는 곳이다. 세상은 구석을 향해 닫혀 있지만 구석은 세상을 향해 열려 있다. 세상 힘든 것들 구석으로 몰리건만 구석은 묵묵히 그 어깨들을 받쳐준다. 수평선에도 구석이 있고 그 면도날 같은 파도의 한 줄 구석에도 등짝을 곧게 펴는 고기들이 산다. 갈대의 울부짖음을, 못에 박힌 빈 바가지의 달가닥거림을, 구석에서 태어난 바람은 입이 꽉 틀어막힌 것들을 대신해 소리를 내준다. 그렇게 청량리역 2번 출구 화장실 옆 구석이 그랬다. 마지막을 맞는 어깨들을 말없이 받쳐주고 있었다.

"아직 한 사람이 오지 않고 있는데, 조금만 더 기다려봅시다."

현아가 시계를 보며 말했다.

"막대사탕님 맞지요?"

슬기였다. 평소 미진의 톡방 참여율이 저조했기 때문에 그렇게 말했을 것이다.

"네, 맞아요."

"전화해봐요."

"안 받아요…… 톡 남겼어요."

그때 영욱이 백팩 하나를 내려놓으며 말했다.

"신발 하나씩 넣으세요."

주택이 낡은 운동화 한 짝을 던져넣으며 불만을 터뜨렸다.

"아이고, 이건 또 뭐유…… 그냥 확, 죽으면 될 텐데…… 신발, 그것도 한 짝만……."

이어 영욱은 소지품 중 이승에 남기고 싶은 것이 있다면 또 넣으라고 했다. 슬기는 스마트폰 고리에서 조그마한 인형을, 혜경은 가방에서 전기면도기를, 준혁은 바지 포켓에서 동전 몇 개와 손수건을 빼냈다. 명수가 땡샤와 천칭을 백팩에서 꺼내자 영욱이 의아한 표정으로 물었다.

"커플?"

"혼잔데…… 왜 그러시죠?"

"땡샤와 천칭을 넣기에…… 혼자라면 신발 하나만으로도 되는데."

그 말에 명수는 떵샤와 천칭을 빼서 가방에 다시 넣었다. 그때 명수의 가방 안에 들어 있는 번개탄을 본 주택이 빈정거렸다.

"지질하게…… 그냥 오함마로 정수리 한 방 갈기면 골로 갈 텐데."

다들 어이없다는 표정을 지었다. 슬기가 현아에게 다가와 속삭였다.

"저 사람과 죽을 바엔 차라리 살래요."

현아는 혜경을 두고 한 말인 줄 알고 저편을 훔쳐보았지만 슬기는 아니라고 턱을 주택 쪽으로 돌렸다.

"왜요?"

"내키지 않아요. 저승길, 멀고 먼 길 저렇게 무식한 틀딱에 정신분열증 있는 사람과 함께 간다는 게…… 그리고 20대 맞아요? 아무리 봐도 40대 이상으로 보이는데."

"일단 주민등록상으로는 20대 맞아요, 29세. 그러고 보니 사진보다 많이 들어 보이네, 나이가……."

현아는 톡방에서 주택을 내보내기한 뒤 글을 올렸다. "오하마님과는 함께하지 않겠습니다."

이이 올라오는 답글들

"시간은요? 그대로 진행하는 건가요?"

답글들에 대한 현아의 답글.

"예정대로입니다. 11시 17분 차."

현아는 주택을 따돌리기 위해 거짓말을 했다.

"사정상 1시간 후에 출발하겠습니다. 그동안 점심도 드시고 다시 여기로 모여주십시오."

회원들이 흩어지려 할 때쯤 미진이 저쪽에서 총총걸음으로 다가왔다. 왼손에 들린 스마트폰 열쇠고리의 강아지 인형이 바쁘게 움직였다. 그녀를 본 명수는 멍해졌다. 멍해짐이 또다른 종류의 멍함을 덮어버렸다. 다시 한번 '차라리'가 찾아온 듯했다. 그 짧은 시간에 살 것인가, 말 것인가. 삶과 죽음을 올려놓은 천칭의 쟁반들이 위아래로 요동쳤다. 열차에 오를 때까지 명수는 미진의 뒤만 졸졸 따라다녔다. 그런 명수를 보면서 빙그레 웃으며 따라가던 준혁은 이 교수가 CCTV 앱을 깔았음을 확인하곤 큰 소리로 웃을 뻔했다.

◆

주택은 분식점에서 라면을 먹고 있었다. "마지막이여, 이게……"라고 중얼거리며 몇 가닥을 젓가락으로 집어드는데, 그때 들려오는 TV 아나운서 목소리. "김도상 국회의원의 아들, 김희원 씨가 불과 28세의 나이에 회사로부터 퇴직금을 무려 50억이나 수령했다는 사실이 알려지면서 논란이 되고 있습니다. 일반

적으로 회사에 입사하여 퇴직까지 월급을 한 푼도 쓰지 않고 모아도 힘든 금액으로 소위 아빠 찬스로 받아낸 것이어서 이 땅의 많은 젊은이를 절망에 빠뜨리고 있습니다."

주택은 미친 듯 라면을 흡입하고 단무지를 종지째 입에 털어넣었다. 고인 눈물이 무게를 못 이기고 흘러내렸다.

◆

청춘열차 안에는 그들만이 청춘이었고 대부분 노인들이었다. 저세상으로 먼저 가야 할 사람들은 웃고 있었고, 이 세상에 한참 머물러야 할 사람들은 울고 있었다. 그 아이러니가 열차 안에 번져 청춘열차는 거꾸로 달리는 듯 보였다.

밀려가는 차창 밖 풍경은 더이상 그들과 상관없었다. 그 허상을 슬픈 눈으로 바라보는 미진. 그런 미진을 그리 슬프지 않은 눈으로 바라보는 명수. 입을 꼭 다문 채 눈을 감은 현아. 고개를 떨군 채 힘겨워하는 영욱. 손으로 머리를 감싸고 흐느끼는 슬기. 눈물을 글썽이며 껌을 씹어대는 혜경.

이리저리 회원들의 표정을 관찰하던 준혁이 톡을 보냈다.

"교수님, 가평 PINE 펜션으로 이동중입니다. 주소와 지도 첨부합니다. 파이팅!"

이어 민우에게도 보냈다.

"드디어 작전 개시. 대작이 나올 예감임. 두두두, 기대하시라. 김준혁 감독의 〈자살카페〉."

이어 민우로부터 당도한 답글.

"몰래카메라는? 앱 다운로드받게 정보 줘!"

가평역에 도착하고 영욱이 신발 등이 담긴 가방을 두고 내리자 준혁이 백팩! 외쳤지만 영욱은 그냥 두라 했다.

왕따

매표소 주변을 어슬렁거리던 주택이 시계를 들여다보고 일행을 찾기 시작했다. 아무도 보이지 않자 이상한 예감에 톡방을 확인했다.

"오하마님을 '나가기' 했습니다."

현아에게 전화를 걸었다.

"고객님께서 전화를 받을 수 없습니다."

준혁에게 전화를 걸었다. 같았다.

"날 왕따시켜? 두고 보자."

주택은 서둘러 근처 파출소로 향했다.

경찰관들에게 사건의 전말을 이야기했지만 어눌한 탓인지, 지독한 사투리 탓인지 소통이 안 되었다.

"아이고, 천천히 좀 알아듣게 말씀해보세요."

주택의 표정으로 봐선 급한 상황임에 틀림없었지만 김 순경은 또 답답함을 숨기지 않았다.

"아이고, 침말로 진짜…… 그러니까, 날 두고 죽으러 갔다니까유! 살려야 하지 않겠어유?"

옆에서 듣고 있던 박 경사 또한 답답한 마음에 끼어들었다.

"그러니까 아저씨도 함께 있다가 왕따를 당하고, 그 사람들만 자살하러 갔다는 거예요?"

그제야 주택은 활짝 웃었다.

"아이고야, 이제야 사람 말귀를 알아듣네…… 맞아유! 나쁜 연놈들, 가만두지 않을 거예유. 다 죽여버릴 거예유. 아니, 다 살려버릴 거예유."

살려버린다는 말에 김 순경이 킥킥거렸다. 하긴 주택 자체로만으로도 웃고도 남을 일이었다. 자살하려는 사람이 함께 자살하려던 사람들을 신고하지 않나, 조금 전 그 웃음은 또 무슨 웃음인가. 오늘 죽을 사람이 그렇게 활짝 웃다니.

"그래야죠. 다 살려야죠. 그렇다면 일단 선생님도 자살관여죄 공범으로 피의자 신분이에요. 신분증 좀 줘봐요."

박 경사 역시 웃으며 말했다. 그의 웃음은 오미자 맛처럼 오묘했다. 희로애락을 넘나드는 감정. 웃음 아닌 웃음이었지만 그래도 비웃음은 아니었다.

주민등록증 사진과 주택을 번갈아본 박 경사는 고개를 갸우뚱 거렸다.

"본인 거 맞아요?"

말이 떨어지기 무섭게 주택은 화를 벌컥 냈다.

"아이고, 또 시작이네. 도대체 이놈의 파출소, 경찰서에 오면 무조건 내 거 맞냐고 지랄이네!"

"생년월일 말씀해보세요."

박 경사는 주민등록증의 뒷면을 돌려보았다.

"1994년 5월 10일이유."

"1994년요? 1974년이 아니고?"

박 경사의 말에 주택이 또 한번 눈알을 부라리며 소리쳤다.

"니기미! 죽을 건데 태어난 게 뭐가 중요하다고!"

그즈음 팀장인 이 경위마저 끼어들었다.

"한번 쳐봐……."

이 경위로부터 주민등록증을 받아 쥔 김 순경은 컴퓨터 자판 앞에서 웃음을 참기 위해 이를 깨물어야만 했다.

"근무 태도 봐라. 이게 웃을 일이야?"

박 경사는 김 순경의 머리를 손으로 살짝 쳤지만, 그 또한 웃음을 참지 못했다.

조회 결과를 살펴본 이 경위의 표정이 심각해졌다.

"국가보안법 위반으로 재판중이네. 월북하려 했어."

마침내 파출소에 가득했던 웃음이 사라졌다.

"골통인데요. 게다가 동반자살까지."

박 경사 또한 직감적으로 큰 사건이구나 생각했다.

"어디로 간다고 했어요? 그리고 몇이에요?"

이 경위는 가능한 또박또박 차분히 말하려고 노력했다.

"누가유?"

주택은 어울리지 않는 자세를 고집했다.

"함께 자살하려던 사람들."

이 경위는 같은 어조를 유지했다.

"이제야, 발등에 불 떨어졌나봐유?"

주택의 말에 더이상 못 참겠다는 듯 박 경사가 소리쳤다.

"하, 진짜 사람 약 올리네. 이 새끼야! 지금 장난치는 줄 알아?"

이 경위가 박 경사에게 진정하라고 손을 저었다.

"나, 갈래유……."

주택은 일어나 문 쪽으로 향했다. 이 경위가 당황해하며 김 순경에게 손짓했다. 김 순경이 주택의 팔을 잡고 사정했다.

"일단…… 앉아보시죠. 오해 마시고…… 제발."

"오해는 누가 했는데 그래유? 나이도 그렇고, 총각을 아저씨라 부르는 것도 그렇고……."

"우리가 잘못했어요. 신고자를 친절히 맞아야 하는데……."

김 순경의 말은 연신 부드러웠다. 주택은 흠흠, 헛기침하고 김 순경의 의도에 응했다.

"하기야 죽는 마당에 따지는 거, 거시기하긴 하네요…… 참, 뭐랬지유?"

"네, 어디로 간다고 했냐구요, 같이 자살하려던 사람들……."

김 순경은 미소까지 보였다.

"그러니까 남자 셋, 여자 셋 그리고 또 거시기 하나유. 장소는 가평이구유."

"거시기라니요?"

어쨌든 주택은 김 순경에게만은 고분고분했다.

"왜 있잖아유, 그런…… 거."

그 말에 김 순경은 박 경사를 쳐다보았다. 박 경사는 기가 차다는 듯 절레절레 고개를 흔들었다.

"가평 어디예요?"

"어딘지는 잘 모르겠고 펜션이라 했어유. 번개탄으로 뒈지겠다고……."

"번개탄이요?"

주택은 주먹으로 정수리를 두드리며 말했다.

"오함마로 여기 까버리면 한 방 블루슨데…… 뭔 지랄로 번개탄이랴."

그때 이 경위가 김 순경 못지않게 낮고도 부드러운 목소리로 끼어들었다.

"그 사람들 전화번호 알지요?"

주택은 김 순경과 이 경위를 번갈아보다가 김 순경의 미소를 확인하곤 답했다.

"알지유. 근데 전화 안 받아유……."

"여기 적어봐요."

주택은 스마트폰 전화번호를 노트에 옮겨 적었다. 이 경위가 본인 폰으로 전화를 걸었다.

"고객님의 사정에 의해……."

불통 멘트가 흘러나오자 갑자기 이 경위의 목소리가 높아졌다.

"데리고 나가!"

"우리 관할도 아닌데…… 그냥 가평서에 보고하면 안 될까요?"

박 경사의 말에 이 경위의 목소리가 더 높아졌다.

"자살하려는 면상들을 저 또라이 새끼 외, 알 방법 있어?!"

몰래카메라

멀리 펜션 간판이 보였다. 간판에는 PINE 이라 적혀 있었고 소나무가 아닌 야자수가 그려져 있었다.

"어서들 오세요."

펜션 주인은 그들을 반갑게 맞아주었지만 아무도 반응하지 않았다.

"아 참, 바비큐 하시려면 뒷마당에서 하심 됩니다. 숯, 번개탄 필요하시면 칼, 집게 등 도구 포함해서 만 원이구요."

현아는 자기라도 한마디 해줘야겠다고 생각했다.

"아, 고맙습니다만 괜찮습니다……."

돌아서려다 현아는 다시 주인을 불렀다.

"주세요, 아저씨……."

현아는 지갑에서 만 원 한 장을 꺼내 주인에게 건넸다.

"네. 뒷마당에 가시면 코너에 놓여 있어요. 고기만 들고 가시면 됩니다."

슬기가 고개를 갸우뚱거리며 물었다.

"충분히 안 가져왔나요, 번개탄?"

"그냥 아저씨 더이상 안 봤으면 해서 그랬어요. 나중에 그딴 일로 방문 두드리면 곤란할 것 같아서……."

그때 조폭처럼 생긴 남자가 주인을 불렀다.

"조금 있음 아가씨 하나 올 거요. 내 방으로 들여보내주쇼."

◆

박 경사는 조수석에 앉아 스마트폰으로 가평 부근 펜션을 검색했다.

"어이구, 이거 어디 한둘이어야지……."

박 경사는 말끝에 주택 쪽으로 고개를 돌렸다.

"어이, 가평은 맞는가?"

"가평이라 했시유…… 근데, 왜 반말이에유? 기분 나쁘게……."

"어휴, 내가 잘못했어유."

김 순경은 또 웃음을 참아야 했다.

◆

　방은 온돌이었으며 목재 문양의 싸구려 비닐장판이 깔려 있었다. 장판이 몸보다 따뜻했다. 갈수록 따뜻해질 테지만 그때는 이미 따뜻함을 못 느낄지도 몰랐다.

　둘러앉은 모양새가 연잎 중앙에 몰려든 빗방울 같았다. 혜경은 담배를 꺼내 물곤 어린 시절을 추억했다. 말 그대로 기찻길 옆 오막살이에 살던 어느 날이었으며 비가 온 뒤였다. 연밭 옆으로 기차가 지나갔다. 연잎에 잠겨 있던 빗방울들이 덜컹덜컹 진동에 술렁이기 시작했다. 기차 꽁무니 보이고 다시 물방울들은 잎사귀 한가운데로 모여들었다. 하지만 해가 지도록 기차는 올 줄 몰랐다. 혼자 흔들릴 수 없는 이파리들은 또 한번 기차가 지나갔으면 했고 옹기종기 겁먹은 물방울들은 막차였으면 했다. 혜경의 눈에는 회원들이 그날의 빗방울처럼 보였다.

　하지만 준혁만은 아니었다. 같은 빗물이라 해도 몰래카메라를 부착하기 위해 벽면을 유심히 살피는 그의 눈매는 세찬 바람 속에서도 뚜렷이 사선을 그어대는 소나기처럼 보였다. 단추만한 크기여서 눈에 쉬 띄지 않을 테지만 준혁은 최선을 다해 최적의 장소를 찾으려 노력했다.

　현아는 번개탄을 쌓아올렸다. 차곡차곡. 그것들은 그들의 죽음과 잘 어울렸다. 이승이 아니라 저승에서 제조된 물건 같았으며 이내 불이 붙으면 못다 할 삶들이 마지막 불꽃을 태운 뒤 연기와 함께 사라질 참이었다. 준혁은 번개탄에 불이 붙고 일산화탄소가 가득차기 전 회원들을 회유해야만 했다. 안 되면 스마트폰으로 112나 119에 신고하면 될 일이었고 펜션과 경찰서, 소방서와의 거리는 불과 1, 2킬로미터에 불과하니 늦어도 5분 안에는 들이닥칠 것이었다. 그래도 안 되면 몰래카메라를 통해 이 교수에게 SOS를 쳐도 될 일이었다.

영욱은 가방에서 망치와 못, 꺾쇠를 꺼내 방바닥에 놓았다. 다들 망치를 보고 놀라움을 감추지 못했다.

"뭐 하게요?"

현아의 물음에 영욱은 답하지 않았다. 영욱은 반 정도 저세상 사람으로 보였다. 얼굴에는 핏기가 빠져나가 백짓장 같았으며 말투는 강시가 팔을 벌리고 헉헉 뛰며 내뱉는 신음 같았다.

명수는 그렇지 않았다. 멍하니 앞만 바라보는 미진을 힐끔 훔쳐보는 게 최소한 떡밥을 노려보는 붕어 눈빛 정도는 되었다.

준혁은 눈치껏 화장실에 갔다. 주머니에서 몰래카메라를 꺼내 거울에다 붙여보곤 카톡을 보냈다.

"교수님, CCTV 설치합니다. 앱 확인하십시오."

잠시 뒤 카톡의 '이 교수님' 옆에 붙어 있던 숫자 1이 사라졌다. 이 교수가 확인했다는 신호였다. 준혁은 다시 한번 톡을 보냈다.

"교수님, 앱 설치하셨죠?"

이내 '이 교수님' 옆에 붙어 있던 숫자 1이 사라졌지만 답은 없었다. 준혁은 웃으며 한번 더 톡을 보냈다.

"교수님♡, 파이팅할게요. ^^"

신발

방은 혜경이 뿜어대는 담배 연기로 가득했다. 미진이 연기 때문에 힘들어하자 명수가 담배를 꺼달라고 혜경에게 손짓했다.

"기가 막혀…… 곧 죽을 거 아니에요? 더한 번개탄 연기는 어떻게 참으려고?"

혜경은 남아 있는 정을 모두 떨쳐버리고 갈 기세였다.

"죽을 때 죽더라도 살아 있는 동안은……."

명수의 눈길만 보면 대화 상대는 혜경이 아니라 미진이었다. 명수는 말하는 내내 미진만을 바라보았다.

"담배 연기 싫어하는데, 괜찮네요, 오늘따라."

슬기의 말에 혜경은 오히려 담배를 꺼버렸다. 침묵이 흐르고 다들 불편해 보이는 자세로 몸을 구겼다. 서로에게 시선을 두지 않은 채였지만 명수의 눈에는 미진만 들어왔으며 준혁의 눈에는 몰래카메라를 붙일 구석만 들어왔다.

마침내 준혁은 그럴듯한 면을 찾았다. 창틀 중앙 위였다. 준혁은 창 가까이 다가가 바깥을 구경하는 척하곤 카메라를 붙였다.

"보통 인연이 아니라고 생각합니다. 한날한시에 태어나지 않았어도 우린 한날한시에 손잡고 갑니다. 저승길이 멀다 해도 함께한다면 결코 힘들거나 외롭지 않을 거예요."

현아의 말에 다들 손을 잡기 시작했다. 현아는 슬기의 손을, 슬기는 준혁의 손을, 준혁은 명수의 손을, 명수는 혜경의 손을, 혜경은 영욱의 손을, 영욱은 미진의 손을, 미진은 현아의 손을 잡았다. 다들 예행연습이라도 한 듯 자연스럽게 보였지만 명수만은 그렇지 않았다. 영욱이 미진의 손을 잡는 순간 명수의 몸은 돌덩이처럼 굳어버렸다.

"마음의 준비는 됐나요?"

현아의 말에 다들 고개를 끄떡였다.

"수면제 주세요."

수면유도제였건만 다들 수면제라 불렀다. 준혁은 렌틸콩 같은 알약이 열 정씩 들어 있는 작은 비닐봉지들을 방바닥에 내놓았다. 각자 하나씩 챙겼으며 명수는 미진이 가져가는 비닐봉지를 슬픈 눈으로 바라보았다.

"번개탄부터 피워야 하지 않을까요?"

슬기의 말에 영욱은 화덕과 가스토치를 백팩에서 꺼냈다.

◆

이 교수는 PC로 CCTV에 접속했다. 모니터에 펜션 방 안 풍경이 잡혔다. 앱 발신 신호를 통해 서브가 켜진 걸 확인한 준혁은 몰래카메라를 향해 손을 들어 보였다. 이 교수는 "잘 보이네"라고 톡을 보냈다. 카톡소리에 준혁은 스마트폰을 열어보았지만 이미 이 교수의 톡글이 지워진 후였다. 준혁은 내용이 궁금했다. "조심해" "연락해" "굿럭!" "화면이 잘 안 보이네" 그중 맨 마지막 것이라면 문제였다. 회원들 눈치를 보며 준혁은 톡을 보냈다.

"잘 보이나요, 교수님?"

준혁을 의심스러운 눈초리로 바라보던 영욱이 벌떡 일어나 창쪽으로 갔다. 순간 놀란 준혁이 소리쳤다.

"지랄을하세요님! 신발 한 짝씩은 왜 갖고 오라 했나요? 또 왜 전철에 두고 내렸는지……."

산을 넘으니 또 산이었다. 영욱은 답하지 않고 가스토치를 들고 번개탄 쪽으로 갔다. 준혁은 더 크게 소리를 질렀다.

"안 돼요! 너무 서두르는 것 같아요!"

영욱은 준혁을 노려보았다. 침묵이 흘렀다. 침묵으로 인해 옆방에 TV가 켜져 있다는 사실을 알게 되었다.

"알고 싶어요! 그것도 왜 한 짝만 갖고 오라 했는지……."

준혁은 어떤 방식으로든 시간을 끌려고 했다.

"알 필요 없잖아…… 몰라도 죽을 거고, 알아도 죽을 거고……."

그 말이 준혁에게는 저승사자의 말처럼 차갑게, 무섭게 들렸다. 뜻밖에 명수가 준혁을 거들고 나섰다.

"죽을 때 죽더라도 알고 싶은데요……."

처음으로 미진에게서 시선을 거두고 뱉은 말이었다. 시선들이 명수 쪽으로 쏠렸다.

"며칠 전 전철에서 백팩을 하나 주웠는데, 그 속에 남녀 신발들이, 그것도 한 짝씩만 들어 있었어요. 우리처럼 말이에요."

영욱은 명수를 바라보며 말했다.

"그럼 땡샤, 천칭도 그때……?"

"그만해! 도저히 못 들어주겠어!"

혜경은 인내의 한계를 느꼈다. 침묵이 흐르고 혜경은 담배에 불을 붙였다. 생담배에서 피어오르는 연기가 옆방 TV 음악소리에 맞춰 파랗고도 가느다란 춤을 추었다. 그때 준혁이 가방에서 뭔가를 꺼냈다. 시선들이 자연스레 혜경에서 준혁 쪽으로 옮겨 갔다.

"다들 마지막 음식으로 뭘 갖고 오셨나요. 전 이걸 갖고 왔습니다. 충분히 갖고 왔으니 많이 드십시오."

준혁은 봉지를 열어 회원들 앞에 내놓았다. 조금 더 긴 침묵이 흐르고 누군가의 입에서 바삭거리는 소리가 들렸다. 잠시 뒤 빼빼로 한 봉지가 동이 났다.

"좆나 웃기네, 죽을 판에 식욕도 있고⋯⋯."

혜경은 담배 연기와 함께 빼빼로를 씹으며 선심이라도 쓰듯 툭 영욱에게 말했다.

"하던 말 해봐요!"

영욱은 혜경에게 담배 한 개비를 부탁했다. 담배 연기를 깊숙이 빨아들인 뒤 영욱은 입을 열었다.

"이번이 처음 아닙니다. 그전 팀에서 신발 한 짝씩을 갖고 오라 했는데, 안 가져갔거든요. 그래서 혼자 살아남았을지도 모른다는 생각에⋯⋯."

헬조선의 책임자

"뜬금……없다 생각하실 거예요, 내 말……."

준혁은 다소 뜸을 들였다가 입을 열었다.

"그럼 하지 마. 죽는 마당에 뜬금까지 있긴 싫으니까."

혜경은 말끝에 담배를 하나 빼 물었다.

"뭔 이야긴데요?"

현아가 끼어들었다. 준혁은 낮은 목소리로 답했다.

"죽이는 이야기요……."

"그것도 죽음 이야기니까, 뜬금없진 않네요."

준혁은 현아의 말에 힘을 받았다.

"만약, 여러분에게 한 사람을 죽일 수 있는 초능력이 생긴다면
누굴 죽이겠습니까?"

혜경은 담배에 불을 붙이려다가 꺼버렸다.

"지랄을 하세요! 자신도 못 죽어서 난린데⋯⋯ 누굴 죽이겠다고?"

혜경의 말이 끝나기 무섭게 현아가 단호한 목소리로 말했다.

"그놈, 보이스피싱."

영욱 또한 망설이지 않았다.

"서울시청 총무과 과장 놈."

"나, 자신이요."

슬기였다.

혜경이 그 말에 입을 삐쭉거렸다.

"아니, 우리 그렇지 않아도 자살할 거잖아⋯⋯ 왜 개똥 폼 잡고 그래? 하긴 나에게도 있네⋯⋯ 그 새끼. 아니, 둘도 되나? 그럼 그년도⋯⋯."

준혁은 미진을 보며 "그쪽은요?" 하고 물었다. 미진은 고개를 숙인 채 답이 없었다. 혜경이 빈정거렸다.

"교육부장관 아냐? 수능 못 쳤다며?"

명수는 "난, 대통령⋯⋯ 헬조선의 책임자"라고 했다.

◆

"여보세요? 행복 펜션이죠? 청량리경찰서 소속 경사 박경철입니다. 거기 혹시 손님 중에 일곱 명 단체로 오신 분들 있습니까?"

그렇게 전화를 건 곳이 열 군데가 넘었다.

"아니, 없는데요. 손님이라곤 아예 없어요."

답의 3분의 1이 또 그랬다. 그러다가 한 곳이 응답했다.

"일곱요? 글쎄요. 일곱 정도 되는 팀은 있는데…… 왜 그러시는지요?"

"아, 자살사건입니다. 남녀 섞여 있나요?"

박 경사의 목소리는 긴장되어 있었다.

"남녀는 섞여 있는데…… 글쎄요."

"혹시 남자 셋에 여자 셋 그리고…….'

박 경사는 말끝에 고개를 돌려 주택을 보았다. 주택은 시선을 창밖으로 돌렸다.

"아무튼, 그 손님들 예의 주시하고 계십시오. 곧 도착하겠습니다."

"밟아! 사이렌 켜고."

박 경사의 말이 떨어지기 무섭게 김 순경은 가속페달을 밟았다.

거의 같은 시간, 거실 소파에 앉아 스마트폰 위치추적 앱을 들여다보던 미진 엄마 또한 남편을 향해 소리쳤다.

"가평이야!"

트윈 플레임

현아의 프라다 가방 모양의 포장을 한 일명 푸라닭 치킨, 미진의 막대사탕, 명수의 치즈소시지, 슬기의 미숫가루, 영욱의 파베 초콜릿, 준혁의 빼빼로 등 준비해온 이른바 마지막 음식들이 방 바닥에 놓였다. 명수가 햄스터를, 거기에 밀웜까지 꺼내자 회원들의 시선이 그쪽으로 쏠렸다. 다들 엽기적이라 생각했다. 명수는 미진을 힐끔 보며 입을 열었다.

"오해 마세요. 먹을 거 아니니까……"

"그럼 뭐예요?"

슬기의 물음에 명수는 답하지 않았지만 미진만 없었어도 자신 있게 짝꿍이라 말했을 것이다. 혜경은 미니스커트 속에 손을 집 어넣어 백색 분말이 든 비닐봉지를 꺼냈다. 봉지 속에는 코카인이 메추리알 크기만큼 들어 있었다. 다들 얼음 자세가 되었다. 와중에 준혁은 슬그머니 손가락으로 집어 혀끝에 가져갔다.

"많이 봤네, 영화…… 그다음엔 이렇게 하는 거야."

혜경은 코카인을 손가락으로 집어 코로 빨아들인 뒤 흥얼거렸다.

"들어주세요. 내 마음 속에 담긴 이 노래를. 내가 시작한 멜로디지만 끝낼 수가 없어요. 들어주세요. 내 마음 깊은 곳에서부터의 소리를. 이제 겨우 탈출구를 찾기 시작한걸요. 이건 자유를 위한 첫걸음일 뿐이에요. 들어주세요, 나는 갈림길에 홀로 서 있어요."

〈드림걸즈〉의 〈리슨Listen〉이었다. 혜경은 그 곡을 원어로 불렀다. 갑자기 그가, 아니 그녀가 달리 보였다. 특히 영욱의 눈에는 그랬다. 한참 동안 혜경을 멍하니 바라보았다.

혜경은 동네 돌솥밥집 주방장을 사랑했다. 밤에 식당불이 꺼질 땐 무서웠다. 그의 시간대와 그녀의 시간대 사이에 시차가 생기는 느낌. 내일을 위해 밤을 까고 수삼·은행·대추를 씻고, 표고를 물에 불리는 사이 오늘의 마지막 돌솥이 식고, 뒷문이 열리고, 거대한 단층이 생겼다. 돌솥 바닥에 기름이 둘러지고 씻은 대추와 밤톨, 은행이 불린 쌀 위에 놓이고 가스레인지에 불이 켜지면, 시간은 조여져 덜커덕 단층의 이빨들이 정합되었지만, 돌솥밥집에 전깃불이 쇠잔할 땐 다시 무서워졌다. 그 두려움이 또다른 트랜스젠더나 게이로 인한 것이었다면 희망이라도 있었을 텐데, 상대는 여성이었다. 원래 여성에게 빠졌다면 자기 같은 중성, 아니 남성 쪽으로 돌아오는 경우는 극히 드문 현상임을 혜경은 잘 알고 있었다.

담배 연기를 폐 깊숙이 들이마신 뒤 혜경은 "번개탄!" 하고 소리쳤다. 영욱이 가스토치에 불을 붙이자 준혁은 빼빼로 봉지를 황급히 찢어 펼치며 말했다.

"제발…… 우리 깨끗한 공기 속에서 마지막 음식을 먹도록 해요."

그 말에 영욱은 혜경의 눈치를 보았다.

"번개탄 연기도 구수하잖아. 마실 만할 거야."

혜경의 말이 떨어지기 무섭게 영욱은 가스토치 밸브를 최대로 열었다. 불꽃이 치익 하고 솟았다. 그때 저편 구석에서 나지막한 소리가 들렸다. 현아였다. 그래도 방장인 현아가 뭔가 말하려 하자 영욱은 가스토치 밸브를 닫았다.

"어릴 때 시골 삼촌댁에 갔을 때예요. 가난하셨어요. 거기에 삼촌이 다리까지 불편한 장애인이셨는데, 평소 놀러 가면 고구마, 옥수수, 감자 같은 것들만 주셨지만, 그날은 제 생일이란 걸 아시곤 닭백숙을 해주겠다 하셨어요. 괜찮다 했지만, 막무가내셨지요. 씨암탉을 잡으셨어요. 서툰 칼질에 목 없는 닭이 동네를 천방지축 뛰어다니고…… 칼 들고 절뚝거리며 뒤따르는 삼촌을 본

이래, 닭고기를 먹지 않았어요."

현아는 말끝에 치킨을 꺼냈다. 치킨보다는 다들 그것을 담았던 프라다 가방을 닮은 포장백에 눈길을 두었다.

"그날도 안 드셨나요?"

준혁은 어떻게 해서든 대화를 이어가려고 했다.

"……."

"근데 오늘은 왜?"

"얼마 전 돌아가셨어요, 삼촌……."

"어떻게요?"

"지금 우리처럼요…… 그날, 그 씨암탉을 제가 먹었어야만 했어요. 아버지 없이 자란 나에겐 삼촌이 아버지였거든요."

분위기가 숙연해졌다. 준혁은 조용해지면 위기감을 느꼈다.

"뭔가요?"

슬기 앞에 놓인 봉지를 두고 한 말이었지만 준혁은 이미 내용물을 알고 있었다.

"미숫가루요…… 지나가던 사람이 물었대요. 이쪽으로 가면 어디로 가냐구요. 미숫가루를 물고 있던 입으로 '합천'이라고 했다가 목이 막혀 죽었다는 얘기…… 어릴 때 할머니한테 들었어요. 그날 이후 미숫가루를 생으로 먹어본 적이 없어요."

슬기는 입을 벌리고 미숫가루 한 줌을 털어넣었다. 잠시 침묵이 흐르고 과묵한 영욱이 이어 말했다.

"그냥, 입속 초콜릿이 녹기 전에……."

다들 뒷말이 궁금했지만 늘 그렇듯 영욱은 완전한 문장을 구사하지 않았다. 단어만 툭 던지거나 문장이라 해도 주부를 받쳐주는 서술부가 불완전하거나 삼켜졌다. 어쨌든 자기 차례임을 느낄 만큼 대화는 순서를 찾아갔다. 미진의 막대사탕에 눈을 두고 있던 명수가 자기 차례임을 알고 말하려는데, 혜경이 소리쳤다.

"우리, 죽으러 온 거 아니야? 구차스럽게 다들 왜 이래…… 갑자기 재수 없게 필 돋잖아, 살고 싶은 필!"

혜경은 코카인을 왼손 엄지와 인지 사이 옴폭한 곳에 올려놓고 코로 빨아들였다. 작지 않은 입에서 가늘어진 목소리가 나왔다.

"그래도 쥐새끼에 대해선 알고 싶네……."

혜경이 미키에게 손가락을 내밀자 미키는 뒤로 물러서서 명수의 품에 안겼다.

"에이…… 쥐새끼."

그 말에 명수가 대척했다.

"쥐 아니고 햄스터…… 이름은 미키고, 벌레들은 얘 먹이고."

명수는 미진의 눈치를 보며 말을 보탰다.

"한때는 짝꿍이었어요……."

"왜, 지금은 아니야?"

"……."

다시 침묵이 깔렸다. 침묵이 길어지면 준혁은 두려웠다.

"짝꿍 좋지요…… 반쪽이라고도 하지요. 트윈 플레임."

준혁의 말에 명수는 미진을 보았지만 미진은 명수의 시선을 피했다.

"근데 그 반쪽, 나만 반쪽이지 그 새끼는 온쪽이더라고……."

혜경은 짝 이야기만 나오면 명수만큼이나 예민해졌다.

"트윈 플레임을 믿어요…… 저승에서도 꼭 만나게 될 거예요."

슬기는 말끝에 스마트폰 갤러리에서 죽은 애인 사진을 꺼냈다. 눈물이 자연스럽게 그녀의 뺨을 타고 흘러내렸다. 또다시 침묵이 흘렀지만 이번에는 현아가 그 침묵을 깼다.

"햄스터가 뭔 죄 있다고…… 그건 좀 아닌 듯해요. 무엇보다 좋아하지 않는 동물과 함께하고 싶지 않네요. 강아지라면 또 모를까."

그 말에 명수는 미키를 데리고 나가려 했다.

"어떻게 하시려구요?"

"알아서…… 하겠습니다."

"그렇게 해. 담배 피우는 원숭이라면 몰라도……."

혜경에게 원숭이는 사람 이상이었다. 오타 벵가에 관한 사연을 알고부터였다. 혜경은 오타 벵가에 관해 장황할 정도로 부연 설명했다. 목소리도 코카인의 영향에서 벗어난 듯 맑게 들렸다.

"오타 벵가는 콩고전쟁에서 아내와 애들을 잃고 미국으로 팔려와 관람객들에게 인간이 원숭이에서 진화해왔다는 사실을 시청각적으로 보여주기 위해 뉴욕 브롱크스동물원 원숭이우리에 갇히게 되었지. 백인 아이들이 침을 발라 밀어넣는 바나나 조각, 치즈 쪼가리, 빵 부스러기를 페인트가 벗겨진 철망 사이에서 빼내 먹곤, 깨진 멜론만한 엉덩이를 숨길 길 없어 둥근 우리 안을 뱅뱅 돌다 배설하는 모습까지 적나라하게 보여줬지. 잠 역시 원숭이와 함께 자니 원숭이와 사람의 교미 장면을 특종으로 삼으려는 기자들이 암놈 원숭이의 붉은 엉덩이를 수놈인 오타 벵가가 수시로 탐내주길 바랐지만, 그럴 순 없었어. 원숭이보다 더 진화된 동물이어서? 죽은 아내가 떠올라서? 성욕이 없어서? 사방으로 트인 우리 때문에? 아니었어. 서로 다르다 생각했기 때문이지. 그후 오타 벵가는 버지니아주 린치버그에 있는 한 담배공장으로 옮겨졌어. 사다리도 없이 높은 곳을 잘 오를 수 있었으니 50미터가 넘는 굴뚝도 쉽게 청소할 거라 믿었던 것이지. 헤어지던 날 오랑우탄도, 침팬지도, 한시도 그의 품을 떠나지 않으려던 새끼 샤망도 모두 울었어. 동물 우리가 통째로 쩡쩡거렸지. 1916년 그의 나이 30대 중반쯤 굴뚝 청소를 하고 받은 돈으로 권총 한 자루를 샀어. 열대우림의 정글에서도, 열 평 남짓 원숭이우리 안에서도 느낄 수 없었던 정글의 법칙을 콘크리트 정글에서 느꼈던 거지. 그렇게 복잡한 머리통에다 새끼손가락만으로도 당길 수 있는 참 간단하고 편리한 인류문명의 상징인 쇠붙이를 갖다 붙였어. 탕! 그런데 뜻밖에도 자살이 아니었어. 내가 내 속의 남을 살해한 것이었어. 아니, 내 속의 남의 공격에 내가 정당방위를 한 것이었어. 아니, 총을 갖고 놀던 한 마리 침팬지가 총기사고를 낸 거였어. 아니, 신에게 바쳐질 흑염소 한 마리가 도살되었을 뿐이었어. 세상은 그를 비운의 인간으로 기억하겠지만 오히려 동물원에서 더 행복했어. 비록 비좁은 곳이었으나 가슴속은 광활한 열대우림이었으며 그들과 그는 결코 서로 다르지 않음을 온몸으로 느꼈기 때문이지. 오타 벵가가 갇혀 있던 우리 앞에 팻말이 있었다고 해. '신장 146센티미터. 척추동물문, 포유류, 영장목, 피그미종' 그리고 그 아래 경고문 '동물들에게 함부로 먹이를 던져주지 마세요. 사망할 수도 있어요.'"

박수를 치고 싶을 정도로 고무적이었다. 잠시 후 슬기가 나직하면서도 작은 목소리로 말했다.

"원숭이들이…… 사람들보다 더 인간적이네……."

그 말에 혜경은 스커트를 올리며 중얼거렸다.

"나도…… 인생 반 정도는 우리 속에서 생활했어. 구경거리였지……."

온 동네가 펜션

순찰차는 펜션 입간판 앞에 주차했다. 범퍼가 무지개 펜션의 펜션을 살짝 가리다보니 무지개만 보였다. 박 경사는 애써 태연한 척 "무지개, 좋네" 하고는 사무실 쪽으로 향했다. 주택은 뒤따라오면서 "개뿔"이라고 했다.

"2번 방과 3번 방이에요. 지금은 모두 3번 방에 모여 있을 거예요. 근데 아니라면 엄청 기분 나빠할 텐데…… 맞으면 또 내가 기분 나쁠 것이고."

주인 양반은 마당에 서서 오도 가도 못 한 채 안절부절못했다.

"걱정 마십시오. 눈치 못 채게 하겠습니다. 자연스럽게…… 방범순찰 나온 것처럼. 그리고 그 사람들이 맞으면 좋은 일이에요, 일어날 불상사를 사전에 막는 셈이니까요."

박 경사의 말에 주인은 고개를 끄떡였지만 불안해하는 표정은 변함이 없었다.

조심조심 깨금발로 복도를 지났다. 나무문에 붙은 숫자 3이 유난히 눈에 크게 들어왔다. 박 경사는 방문에 귀를 대고 엿들었다. 소리가 들리다가 끊기고, 들리다가 끊겼다. 내용은 알 수 없었지만 일단 음악이나 TV 소리는 아니었다. 그러다가 소강상태가 이어지고 박 경사가 노크했다. 잠시 뒤 문이 반쯤 열리고 20대로 보이는 남자가 박 경사를 보고 깜짝 놀랐다.

"아니, 무슨 일로."

"방범 순찰중입니다. 신고가 들어와서요."

사내는 박 경사의 제복, 특히 명찰에서 좀처럼 눈을 떼지 않았다. '경사 박경철'을 평생 새길 기세였다. 열린 문틈으로 일행들이 보였다. 스마트폰을 들여다보는 여자, 싱크대에서 뭔가 음식 준비를 하는 여자, 카드놀이를 하는 남자들…… 박 경사는 주택의 팔을 당기며 방 안을 들여다보라고 했다. 목을 빼서 방 안을 들여다본 주택은 바로 손사래를 쳤다.

순찰차로 돌아온 박 경사는 메모장에 적힌 무지개 펜션에 X를 표시했다. 회원들이 있는 PINE 펜션에 전화를 걸려다가 고개를 돌려 뒷좌석의 주택을 보며 소리쳤다.

"야! 진짜 기억 안 나?"

"안 나유…… 근데 왜 자꾸 반말이에유?"

박 경사는 한숨을 쉰 뒤 억지웃음을 지으며 말했다.

"아휴, 지금 옆집 똥개들이 죽는가유? 사람들이 죽어유. 근데 그 일이 안 중요한가유?"

"구제역 때 소들도 죽었어유, 마리당 500만 원이 넘는 것들유. 똥개들은 비할 바가 못 되쥬."

"그랬어유? 아, 그래서 오함마로 한 방에, 말씀하시는 그 한 방 블루스로 보냈나유?"

김 순경은 터져나오는 웃음을 참지 못했다. 뒷좌석의 주택이 계속 중얼거리자 박 경사는 마침내 소리를 질렀다.

"야, 이 빨갱이 새끼야! 조용히 좀 해!"

주택은 시선을 창밖에 두었다. 텅 빈 들판이 눈에 들어왔다. 허수아비가 바람에 팔을 흔들고 있었다. 주택은 밀려가는 허수아비를 세상 마지막 풍경이라도 되는 양 얼굴을 돌려가며 끝까지 보았다.

전화를 받지 않자 박 경사는 메모장의 'PINE 펜션' 옆에 △를 표시했다.

"힘들다…… 다들, 펜션만 하나…… 온 동네가 펜션이니……."

김 순경이 룸미러를 통해 주택을 올려본 뒤 정색하며 물었다.

"정말 감이 안 잡혀요?"

"뭐가유?"

"펜션 이름, 진짜 한 번도 들어본 적 없어요?"

"없어유…… 있다 한들 죽는 마당에 그딴 펜션 이름을 왜 기억하겠어유……."

주택을 노려보던 박 경사는 한숨을 내쉬었다.

"그냥 가보자. 이 새끼는 잊어버리고……."

"문제는 펜션이 아닐 수도 있다는 거죠. 모텔 같은 거……."

"그렇다면 할 수 없지 뭐. 가평서에 넘기고 돌아가자구. 우린 펜션만 돌고……."

"지금 가평서에 협조 요청, 아니 보고하면 안 될까요?"

"그러기엔 좀 아까워…… 이거 큰 거야. 일곱 명 동반자살. 저 친구 말이 사실이라면 역대급이야. 근데 생긴 거 보면 찐일 것도 같은데……."

주택은 지나가는 트럭들을 유심히 보았다. 덤프트럭 앞부분이 뭉툭하고 튼실하니 오함마를 떠올리게 했다. 주택은 흠흠 헛기침을 한 뒤 "사람 갖고 그러는 거 아녀유……" 하고 중얼거렸다.

같은 시간, 미진의 부모는 남양주를 지나 가평 쪽으로 향하고 있었다. 미진에게 전화를 걸어보았지만 여전히 불통이었다. 카톡과 문자메시지, 페이스북 메신저 등을 확인해보아도 미진으로부터 온 것은 없었다.

데카메론

와중에 준혁은 시나리오의 클라이맥스를 고민했다. 보란 듯 알약을 하나씩 입에 넣자 바로 반응이 나타났다. 슬기, 혜경, 현아가 참새들이 볍씨를 쪼아 먹듯 알약을 입속으로 가져갔으며 영욱은 준혁의 죽음을 재촉하는 행동을 예상치 못했다는 듯 놀라워했다. 하지만 명수만은 눈길을 미진의 손과 입에다 둔 채 있었다. 미진이 알약을 한 알씩 삼킬 때마다 명수의 얼굴이 일그러졌다. 명수는 미진에게 다가가 속삭였다.

"더는 먹지 마. 나도 안 먹을 테니까……."

다들 무슨 말인지 알 듯했으며 미진의 답 또한 그러할 것 같다. '아뇨' 혹은 도리질하는 것. 하지만 미진은 둘 다 했다. 명수는 힘껏 주먹을 쥐었다. 손바닥에 든 알약들이 으스러졌다. 미진이 남은 알약들을 한꺼번에 털어넣자 명수의 얼굴은 하얗게 변했다. 명수는 머리를 몇 번 흔들더니 허겁지겁 손바닥을 펴 부스러진 약을 혀로 핥았다.

준혁은 이 장을 데카메론이라 부르기로 했다. 보카치오의『데카메론』에는 열 명의 남녀가 나오지만, 내 '데카메론'에는 세 남자와 세 여자 그리고 중성 한 명이 등장한다. 보카치오의『데카메론』은 열흘간의 이야기를 엮은 것이지만 나는 10시간이 채 안 되는 이야기를 엮는다. 보카치오의『데카메론』주인공들은 흑사병이 도는 몹쓸 세상으로부터 이왕 피난 나온 거 즐겁게 이야기나 하며 시간을 때우려 하지만, 내 '데카메론' 속 주인공들은 생의 마지막 순간을 맞아 이승에 남기지 않으면 한이 될 것 같은 이야기를 나눈다. 무엇보다 난 그들을 죽음의 늪으로부터 건져올리는 착한 사마리아인 역을 맡는다. 처음 위클리 맨을 시작할 때도 그랬다. 다들 과대망상이라 했지만 뜻깊은 이벤트가 될 것임을 확신했다. 죽음을 앞둔 이의 마지막 심경을 실시간 관찰하고 이승에서 남길 마지막 말을 들을 수 있음은, 그것도 임종을 앞둔 말기 암 환자들이나 노인들의 이야기도 아니고 20대 청춘, 그것도 무려 여섯 명의 이 세상에서의 마지막 이야기를 한꺼번에 듣는다는 건 그 어떤 신세계를 딤험히는 일보다 더 짜릿한 경험일 것임에 틀림없었다.

◆

　똑똑, 방문 두드리는 소리가 들렸다. 영욱은 회원들에게 번개
탄을 감추라고 손짓하고 문밖으로 고개를 내밀었다. 펜션 주인이
었다. 안주인이 교통사고를 당해 급히 읍내에 다녀와야겠다고 했
다. 굳이 말할 필요는 없지만 혹시나 해서 그런다는 말까지 덧붙
였다. 영욱은 무심결에 "걱정 마시고 다녀오세요"라고 했다. 습
관이 무서웠다. 영욱이 의미 없이 뱉은 그 말은 회원들로 하여금
무한한 괴리감을 느끼게 했다. 거짓말도 그런 거짓말이 있을까.
돌아와서 시체로 가득차 있을 자신의 영업장을 보고 걱정하지 않
을 사람이 있을까. 그런데 회원들이 느낀 괴리감은 '걱정 마시고'
에서가 아니라 '다녀오세요'에서 느꼈다. 그것은 이승과 저승 간
의 간극을 의미했기 때문이다.

　잠시 동안 영욱은 귓속에서 아주 작은 날개가 달린 벌레들이
1초에 수십 번 날갯짓하는 소리에 어질어질했다. 평소 같았으면
병원에서 처방받은 항우울제 열 알 정도는 삼켜야만 할 시간이
었다.

◆

　"약들 처드셨으면 시작합시다. 번개탄 피우고."

혜경의 말에 준혁은 "침착해야 한다"고 되뇌곤 목소리를 낮게 깔았다.

"잠깐만요. 갖고 온 음식은 다 먹어야 할 것 아닙니까."

그 말에 가스토치 버튼을 똑딱거리던 영욱이 준혁을 잡아먹을 듯 노려보았다. 잠시 침묵이 흐르고 방장인 현아가 쌓여 있는 번개탄 옆에 치킨을 가져다놓자 슬기의 미숫가루, 미진의 막대사탕, 명수의 치즈소시지 등이 놓였다.

"난 갖고 오지도 않았어……."

혜경은 손가락으로 코카인을 찍어 코로 가져가며 영욱을 바라보았다. 이미 초콜릿을 다 녹여 먹은 영욱은 포장지를 혜경에게 흔들어 보였다.

"끝으로 남기고 싶은 말도 있어요, 끝으로."

준혁은 시나리오의 대미를 장식할 시간이 왔음을 느꼈다.

"끝으로? 그래 끝으로……."

'끝'이란 낱말이 지닌 위력 때문일까. 순간이나마 혜경은 무두질을 당한 가죽처럼 말랑해졌다. 몰래카메라를 잠시 훔쳐보던 준혁은 '끝'이라는 분위기에 맞게 고해성사 모드로 말했다.

"주식을 했습니다…… 초심자의 운이라 할까, 처음엔 돈을 벌었습니다. 잘된다 싶어 신용, 미수까지 써가며 풀베팅했습니다. 상따, 하따, 테마주, 급등주…… 단번에 떼부자가 되고 싶었고, 될 수 있을 것 같았습니다. 하지만 이내 깡통을 찼습니다."

지지난번 과제로 제출한 바 있는 시나리오 '영끌족 이야기'의 일부였다.

별 공감이 가지 않을 듯한 주식 이야기인데, 다들 귀를 기울였다.

"돈을 빌렸어요. 식구들은 물론이고 친구, 마지막엔 사채까지 썼습니다. 또다시 깡통. 사채업자에게 시달려, 불안, 우울…… 초조."

그때까지 다소곳이 있던 영욱이 혜경의 눈치를 보다가 소리쳤다.

"너무 길어!"

준혁은 셔츠를 올렸다. 수술 자국처럼 보이는 부분이 드러났다.

"콩팥까지 팔아서 베팅했어요. 선물, 옵션…… 하지만 또다시 깡통."

"불알은 남아 있을 거 아냐!"

순간 혜경의 말에 준혁은 웃음을 참기 위해 이를 악물어야만 했다.

"네…… 있지요. 근데…… 불알이 밥 먹여주진 않더라구요."

"맞는 말이야. 오히려 불알이 밥 못 먹게 하지."

혜경은 담배에 불을 붙이곤 스커트를 걷어올렸다. 손가락으로 불룩 솟아오른 부분을 가리키며 말했다.

"하지만 나, 얘 때문에 죽으려는 거 아냐. 다른 놈의 것 때문에 죽으려는 거지…… 그 새끼, 또 어느 구멍에 쑤셔 박고 있겠지."

혜경은 담배 연기를 길게 뿜은 뒤 잠시 호흡을 가다듬었다.

"컬러링이 바뀌어 있었어. 그러니까 크리스 제임스의 〈에브리 싱 아이 원티드Everything I Wanted〉에서 뚜두 뚝~~ 평범한 신호음으로…… 자동응답으로 넘어갔는데, 1번을 누를까, 2번을 누를까 망설여지더라구. 끊었어. 아니, 끊고 다시 걸었어. 이번에도 자동응답으로 넘어갔어. 다시 1번을 누를까, 2번을 누를까, 아니면 끊을까 망설였지. 끊었어…… 전화한 게 후회됐어. 머릴 들고 창밖을 봤지. 눈이 그쳤더군. 뽀송뽀송 솜 같은 눈이 언제 왔나 하고 밖을 봤지. 길들이 온통 젖어 있었어. 고개를 들어 성당의 첨탑을 봤지…… 십자가 끝에 피뢰침이 매달려 있더군. 이름 모를 새 한 마리, 그 위를 스쳐가고 스마트폰이 울렸어…… 그쪽에서 전화를 걸어온 거야. 가슴이 뛰었어…… 근데……."

혜경은 북받치는 무엇 때문에 말을 잇지 못했다. 혜경은 처음으로 고개를 숙였다. 가르마 끝에 동그라미 두 개가 보였다. 끝내 그녀는 담뱃재가 떨어지도록 얼굴을 들지 않았다. 맺힌 눈물이 마를 때까지 그렇게 있을 참이었다. 결국 혜경의 이야기는 『데카메론』의 4일 차 끝이 안 좋게 끝나는 사랑 이야기와 비슷했다.

"나도 뭐 별거 아니지만 할말, 아니 죽으려니까 내 안의 그놈이, 아니 그분이 할말 있다고 하는 거 같네……."

생각지도 않았는데, 영욱이었다. 아주 단문만, 그것도 명사와 동사로만 말하던 그였기에 방금 풀어진 말은 단연코 만연체였다. 다들 조금 전까지만 해도 혜경의 뒷이야기를 궁금해했지만 이제는 영욱의 이야기를 더 궁금해했다.

"'당신은 무엇에 복종하십니까? 그것도 달콤하게……' 다른 날과 달리 별밤지기 목소리가 가라앉아 있었어…… 감기 기운이라고 했지. '이어지는 노래는 존 덴버의 〈스위트 서렌더Sweet Surrender〉' 근데 그 목소리, 정말 달콤하게 느껴졌어. 비 오는 날, 커피 한 잔. 그것도 튜닝된 카오디오에서 흘러나오는 팝송을 들으며 한 모금 음미하는 아메리카노. 룸미러에 내 얼굴을 비춰봤지. 실로 오랜만에 미소를 띠고 있었어……."

혜경이 낮춤말로 하자 영욱도 낮춤말로 했으며 그렇게 회원들의 말투는 낮춰져갔다.

"갈수록 비는 세차게 내렸어…… 되뇄지. '내 차는 앞 유리를 때리는 빗물의 양에 따라 와이퍼의 빠르기를 조절한다.' 언제부턴가 나에겐 생각을 문장으로 뱉어내는 버릇이 생겼어."

다들 문장이란 말에 의아해했지만 막 풀고 있는 그의 장문 설을 생각하면 이해가 되었다.

"좀 전, 비가 아주 가늘게 내리기 시작할 즈음, 그러니 별밤의 서막 멘트가 끝나갈 무렵에도 그랬지…… 뭣에 복종하느냐고? 그래, 내 차에 복종하고 있어, 달콤하게…… 굳이 '내 차' 하고 '내'를 붙인 이유는 애착 때문이었지. 애착은 자율주행 같은 첨단

사양으로부터 나오지 않았어. '사랑에 속고 돈에 울고' 류의 신파조로부터 나왔지. '내' 차는 채널A 〈카톡쇼 S〉 방송분을 요약해 게재한 '우리를 슬프게 한 최악의 자동차 워스트 10'에 뽑혔지. 그중 디자인 부문에선 최하위를 기록했고…… 신이 만든 걸작이란 광고에 반해 신의 실패작이 돼버렸으며, 영국의 자동차 프로그램 〈톱기어〉는 급기야 '내 차'를 폭파시켜버리는 퍼포먼스까지 벌였어. 자고로 자동차란 건 잘 서고, 잘 가면 되지 않나? 난 '무슨 얼어 죽을 디자인!' 하고 붕! 액셀을 밟았지……."

붕 소리에 다들 고개를 들고 앞을 보았다. 준혁 또한 영욱의 말에 빠져 몰래카메라조차 의식하지 못했다. 이 교수는 어떨까? 어쨌든 단말기2는 계속 'ON' 상태를 유지하고 있었다.

"순간 우측에서 불빛이 번쩍이고 쾅 소리와 함께 내 차는 뱅글 돈 뒤 가로수에 처박혔지…… 그렇게 비 오는 날 시가잭에 자동차용 커피포트를 꽂고 마일드 로스트 2.9그램을 넣으면 내 차 안은 한강이 내려다보이는 여의도 그 어떤 프랜차이즈 커피숍보다 착했는데 말이야."

"그래서?"

슬기였다. 슬기가 아니어도 찬정의 물을 원한다면 마중물이 마르기 전에 계속 펌프질을 해야 하듯 또다른 이가 재촉했을 터였다.

"죽었어……."

정적이 흘렀다. 순간 영욱은 또 한번 저세상 사람처럼 보였다. 창백한 LED 등 아래여서인지 더욱 그랬다. "죽었어" 했으나 그가 죽진 않았을 테고, 그 누군가는 죽었어야만 했다. 영욱의 그 죽은 누군가가 궁금했건만 혜경은 하던 이야기를 이어갔다.

"언니들 갖고 있는 그 구멍만 갖고 있어도 여기 오지 않았어…… 구멍이 돈이잖아. 근데 언니들은 그 잘난 구멍, 제대로 써보지도 못하고 가네……."

혜경은 말끝에 담배를 길게 빨았다. 연기는 폐 속을 파고들었는지, 대장까지 내려가버렸는지 나오지 않았다.

"웃기는 게, 양성평등하면서 양성을 갖고 있는 나 같은 놈, 아니 계집에겐 불평등만 있어, 씨발!"

남성, 여성을 전환하는 스위치라도 내장되어 있는 양 혜경은 그렇게 찰칵, 순간에 양성을 오갔다.

"히히, 내가 욕을 좀 심하게 하지? 다 그 새끼 때문이야. 그 짓할 때 욕해주면 더 흥분했거든…… 씨발! 자꾸 욕해달라고, 더 해달라고…… 근데 욕하니까, 나도 흥분되데……."

'데카메론'편은 갈수록 흥미진진했다. 준혁은 몰래카메라를 힐끔 보았다. 이 교수의 표정을 읽을 수 있을 것 같았다. 자신과 같은 표정? 아니, 자신은 웃음을 삼키고 있는데, 이 교수는 자신만의 공간에서 마음껏 껄껄거리고 있을 거라 생각했다.

혜경이 소강상태를 보이자 영욱이 하던 말을 이어갔다. 다들 죽은 그 누군가를 궁금해하던 참이었다.

"내 차는 7인승으로 타고파 했던 차였지. 결혼해서 애 많이 낳아 농구팀 하나 만들어볼까 생각도 했었어. 그러면 '끔찍하다. 구단주는 당신이 해……' 미래의 아내가 할말을 상상하며."

영욱은 쥐고 있던 알약을 마저 털어넣고 말을 이어갔다. 이승에서의 마지막 말이 될 터였지만 영욱은 전혀 마지막 말처럼 하지 않았다. 아니 마지막 말이어서 그렇게 정성스레 하는지도 몰랐다.

"내 차는 잘 서고, 잘 갔어. 상시사륜에, 파워풀한 엔진에, 연비까지 좋은데다 신의 실패작이란 명성 덕에 중고차 시세가 나빠 3년이 채 안 된 널찍한 SUV를 출고가 절반 정도에 장만할 수 있었지…… 물론 공무원 시험 합격 후의 일이야…… 모든 게 잘되고 있었어, 그때까지만 해도."

영욱은 혜경에게 담배 한 개비를 부탁했다. 혜경은 마치 동료라도 만났다는 듯 라이터로 불까지 붙여주며 말했다.

"때려치우고…… 누가 죽었는데?"

영욱은 담배를 깊이 빤 뒤 입을 열었다.

"깼지만, 잠에서 깨어 있는 것 같지 않았어. 전날 밤 11시경부터 대여섯 평 되는 거실 겸 부엌 자락에 6월, 그것도 하짓날의 아침햇살 한 바닥이 번쩍일 때까지…… '일단 업무상과실치상죄로 입건합니다. 하지만 그 양반, 죽으면 사정이 달라져요.' 조사계

형사가 조서 작성중 던진 말이 신경쓰였지만, 그것 때문에 잠을 설친 건 아니었어."

혜경은 오른편 팔뚝을 올리곤 왼손으로 탁 쳐 보였다.

"이거나 먹어 씨발놈아! 혼자 유식한 척하고 지랄이야…… 그래서, 뒈진 게 누구냐고?"

담배 연기 따라 영욱의 좁다란 입에서 말이 게워져 나왔다.

"말했잖아…… 그 양반, 좌회전해오던……."

"계속해봐."

혜경뿐이 아니었다. 다들 귀를 쫑긋 세우고 열심히 들었다. 모두 알약을 삼켰다는 사실을 잊은 듯했다.

"근데, 그날 신호등 불빛이 파란색이 아니라 까만색이었어. 형사 같은 보험사 직원과 보험사 직원 같은 형사가 한목소리를 냈지. '사람이 죽어서……' 개나 고양이가 죽었다면 문제될 게 없다는 뜻이겠지만, 개나 고양이 죽은 일로 변호사를 선임할 필요는 없잖아. 내 차는 오른쪽 바퀴 부분이 내려앉고 보닛이 올라가고 라디에이터에서 김이 치솟아 수리비가 500만 원 넘게 나올 거라 했는데, 상대방 차는 앞면 유리창이 깨지고 범퍼가 조금 찌그러졌을 뿐이었어. 내 차보다 두 배나 큰 화물차니 당연하겠지만, 우습고 슬픈 일은 내 차에 탄 사람은 겨우 찰과상을 입었을 뿐인데, 그 차에 탄 사람은 죽었다는 거, 정면 유리창을 뚫고 나와서……."

"그래서, 지금 여기 있는 건가요?"

준혁의 물음에 영욱은 피식 웃었다.

"그래, 넌 나에게 말 높여, 안 그러면 기분이 더러워질 것 같으니까…… 너 AB형이지?"

"어떻게 알……았어요?"

"내가 왕재수 없다 생각하는 혈액형이니까. 참고로 난 너 같은 애가 좋아할 B형이야."

혜경은 영욱의 이야기에 몰입되어 있었다. 영욱이 점점 좋아졌다. 하지만 그에게 던지는 말투는 여전히 아마 조나 혹은 마초의 것이었다.

"뒈지는 마당에 웬 혈액형? 수혈할 일 있어? 지질이, 하던 말이나 계속해……."

영욱은 앞에 놓인 번개탄에다 담배를 비벼 껐다.

"정전이었어……."

아직 덜 꺼진 담배꽁초가 번개탄 위에서 실연기를 피워올렸다. 영욱의 이야기는 그 푸른 실연기처럼 신비롭고 신기하게 들렸다.

"그래서, 그날 파란불이 검게 보였고…… 그럼 무죄……?"

슬기의 뒷말은 "무죄라면 왜 여기에 있어?"일 것이었다.

"변호사는 닥닥 긁어모은 돈 500만 원어치 값을 했어. 그 시간대, 그 지역 정전 기록을 조사했고, 결과는 쌍방과실. 근데 여기 있는 이유는 지질이 취급을 받았기 때문이야."

"B형도 지질이 취급받나?"

영욱은 혜경의 말에 웃었다. 낯선 웃음인 만큼 어색해 보였다.

"그렇게 말하는 그쪽 혈액형은?"

혜경은 영욱의 물음에 O형이라며 담배 연기로 도넛을 만들어 보였다. 막 풀어져 연기 끝이 뱀 모양으로 구불텅할 즈음 옆방에서 인기척이 들렸다. 남녀 목소리가 섞여 있었다. 대화 내용은 알 수 없었으나 연령대는 짐작이 갔다. 남자 3, 40대, 여자 20대. 잠시 후 대화가 끊어지고 TV 소리가 들려왔다. 상조 광고였다. 최수종의 앵앵대는 목소리가 벽을 타고 넘어왔다.

"적시 안타네…… 하늘공원 광고. 근데 수면제 맞아? 처먹었는데 잠이 안 오네……."

혜경의 말에 준혁은 뜨끔했다. 잠시 침묵이 흘렀다. 하지만 다들 영욱의 그 지질이 이야기가 궁금했는지 눈길만은 영욱 쪽에 두었다.

"불평등만 있어도 살지. 헬조선에 어디 불 자 붙은 게 한둘인가. 불의, 불공정, 불법…… 있는 자는 더 있게 되고…… 있는 거 마음껏 쓴다지만 늑대에게 무한한 자유는 양들에겐 죽음일 뿐이야. 그들만의 리그로 만들어진 완전 계급사회. 신분사회. 거역하면 왕따. 개천에서 용 안 나와. 미꾸라지만이라도 나오면 좋겠는데, 지렁이만 나오지. 아니, 미꾸라지 정도는 나오는데, 지렁이로 간주하지."

영욱은 지질이 이야기 대신 난데없이 지렁이 이야기를 해댔다.

"야, 지질이 이야기 하라니까!"

혜경이 소리쳤지만 되레 현아는 그 지렁이를 받아 이어갔다.

"지렁이를 등쳐먹는 낚시꾼 놈들 때문에…… 죽기 전에 그놈들 모가지를 따야 하는데…… 어린 시절, 아버지의 가정폭력과 도박으로 부모님이 이혼했고 어머니와 쭉 살았어…… 아버지 주민등록이 말소되면서 내 주민등록까지 말소돼버렸지. 그로 인해 출생신고가 안 되어 있어 의무교육인 초등학교 과정도 못 마쳤어…… 열아홉에 변호사를 찾아가 주민등록번호를 찾은 후 검정고시로 대학교까지 다니게 됐지. 열심히 아르바이트를 했어…… 하지만 너무 버는 게 없어 학비까지 들어가니 저축할 여윳돈은 나오지 않았지. 그렇게 알뜰살뜰 모은 피 같은 돈 200만 원, 보이스피싱으로 날려버렸어…… 한강으로 갔지. 모든 걸 벗어던지고 죽고 싶더라고…… 팬티를 내리는데, 왠지 따가운 시선이 느껴졌어. 다리 위에서 사내 몇이 스마트폰으로 내 나체를 찍어대고 있었어…… 사는 것도 어려웠지만 죽는 것도 어렵다는 걸 알게 되었지."

"그럼, 그 200만 원 때문에?"

현아의 이야기는 끼진의 입까지 열게 만들었다.

"그 200만 원, 나에겐 돈이라기보단 희망, 아니 모든 것이었어."

그 말에 미진은 준혁에게 다가가 귓속말을 했다. 명수는 두 사람을 의심의 눈초리로 쳐다보았다. 준혁은 주머니에서 알약 몇 알을 꺼내 미진의 손에 쥐어주었다. 미진이 알약을 입에 넣으려 하자 명수가 손을 저으며 "잠깐만요!"를 외쳤다. 준혁은 쾌재를 불렀다. 이런 식이면 경찰을 부를 필요도 없을 것 같았다. 아니 번개탄조차 지필 필요가 없을지도 몰랐다. 자신의 시나리오로 탄생할 100만 이상 동원될 영화를 상상하면서 준혁은 상황을 즐기기 시작했다.

"우리 진지하게 이야기를 나눴음 해. 이것도 인연인데……."

미진에게 하고 싶은 말이었지만 명수는 준혁을 보며 말했다. 준혁은 그의 위클리 맨이 도움을 청하고 있다는 걸 직감했다.

"맞아. 인연도 그냥 인연이 아니지…… 어둡고 외로운 저승길을 함께할 사람끼리 떠나기 전, 서로 친해져야 하지 않을까? 우리 세상에 던지고 싶었던 말 남김없이 하고 가. 그렇지 않음 한이 될 거 같아."

준혁의 말에 현아가 보탰다.

"살기 싫어서 죽는데, 죽음 뒤가 더 싫어지면 곤란하겠지…… 맞아, 저승길 떠나기 전 친해져야지. 우리, 친해지자구. 그런 의미에서 할말 있음 다 하도록 하구."

마침내 다소곳이 듣고만 있던 미진이 입을 열었다.

"제가 만약 현아 언니라면 죽지 않겠요. 아니 죽을 이유가 없겠지요…… 그 200만 원, 저 한 달 수능 과외비도 안 됐으니까요. 그것도 한 과목…… 미안해요, 언니."

미진의 말에 혜경이 고개를 저었다.

"미안해할 일은 아니지……."

혜경의 말에 현아가 보탰다.

"그래, 미안해할 거 없어. 마찬가지야, 나야말로 미진 씨라면 죽을 일 없겠지……."

명수가 이어갔다.

"공시생 3년 포함 합 취준생 6년째야. 자소서, 이력서, 신물 나게 썼지. 내 로망인 서울시청 공무원 자리를 박차고 죽으려는 영욱 씨, 정말 이해하기 힘들어…… 그 점에선 슬기 씨도 마찬가지고."

슬기가 명수로부터 말꼬리를 받았지만 주제는 비껴갔다.

"여기 남자들 모두 그 사람으로 보여."

"난 아니지?"

슬기는 혜경의 아랫도리를 보며 답했다.

"아니길 바라."

혜경은 눈을 지그시 감으며 담배 연기를 뱉었다. 콜록콜록 기침과 함께 말이 새어나왔다.

"지랄을 해라……."

"그래? 그럼, 지랄해볼게…… 중간에 막지는 마."

짧지 않을 슬기의 이야기는 그렇게 시작되었다.

"잠이 오지 않았어…… 자꾸만 그가 떠올랐어. 거실로 나가 불을 켰지. 벌써 세번째였어. 스마트폰도 켰지. 그 또한 세번째 였어. 기억하기로 오후 11시 40분경, 11월 28일 수요일, 배터리 는 20퍼센트 정도 남아 있었어. 검색 창에 '잠이 안 올 때 뭘 먹 으면 좋을까요?'라고 쳤지. 포도주, 따뜻한 우유, 대추, 양파, 상 추, 호박, 셀러리, 아몬드, 체리, 바나나, 키위, 캐모마일…… 냉 장고를 열었지. 해당 사항이 하나 있었어, 양파. 칼로 양파를 조 각내 씹었지. 세 조각째 씹다가 뱉었어. '잠이 오지 않을 때 삶은 달걀은 어떤가요?'라고 쳐봤지, 먹고 싶었으니까. 해당 답변이 없 었어……."

혜경은 지겹다는 듯 손으로 얼굴을 훑으며 짜증을 냈다.

"야, 근데 지랄은 언제 할 건데?"

현아가 혜경을 향해 손을 저었다.

"좀더 들어보자구…… 마지막 말이잖아."

그래, 마지막 말. 슬기는 그 마지막 말을 이어갔다.

"배터리가 0퍼센트 될 때까지 인터넷 서핑을 하다가 달걀을 삶 기 시작했지…… 무려 세 개를 먹었어. 그러곤 다음 날 아침, 식 빵을 토스터기에 넣은 뒤 마일드 로스트 하나를 찢었지. 달걀프 라이는 하고 싶지 않았어. 여전히 삶은 달걀이 식도에 걸려 있는 느낌이었기 때문이지. 커피잔을 들고 베란다로 갔어. 위아래로 안개가 자욱했지. 내려다보이는 놀이터 미끄럼틀이 거대한 짐승인 양 보였고, 203동 옆구리에 붙은 행복아파트 중 행복과 트는 안개에 가려져 아파만 보였어. 모든 게 물속에 가라앉은 느낌이었지. 숨이 막혀왔고 가슴이 아려왔어. 그 모두 그가 없었기 때문이지. 그 다음다음 날이 바로 오늘이야."

현아가 둥근 눈으로 물었다.

"그는 누구?"

"그 사람, 폐암이었는데, 담당의가 3개월 생존 확률이 5퍼센트도 안 된다고 했어…… 차라리 내가 죽는 게 낫겠다는 생각이 들 정도로 힘들었지. 그만큼 사랑했으니까…… 아니, 사랑하니까. 지금처럼 자동차 안에서 번개탄을 피웠지, 그가 즐겨 듣던 영화음악을 들으며…… 근데, 나만 살았어. 그러니까 번개탄도 믿을 게 못 돼. 확실히 죽으려면 틈새 없이 꽉 틀어막아야 돼. 뒤창유리가 조금, 아주 조금 내려져 있었을 뿐이었는데, 재수 없게 그 작은 틈이 나를 살렸어."

그 말에 영욱이 꺾쇠를 손으로 만지며 창틀을 올려다보았다. 준혁은 영욱의 시선을 따라 시선을 옮겼다. 시선이 창틀 위 몰래카메라가 부착된 곳에 이르자 준혁의 가슴이 뛰기 시작했다. 그때 슬기가 영욱의 관심을 끄는 단어를 뱉었다. 공무원이었다.

"공무원이 됐어, 어쩌다보니 그것도 경찰공무원……."

마침내 영욱은 시선을 창틀에서 슬기 쪽으로 옮겼다.

"체력장 때문에 경찰직을 택한 거 아니야?"

영욱의 말에 슬기는 당황했다.

"어…… 맞아…… 근데…… 어떻게 알았어?"

"경찰직은 체력장을 보잖아. 우울증이 심해서 냅다 달리거나 몸을 마구 굴리고 싶었거든…… 어차피 운동도 해야 하니까, 일석이조란 생각도 들었고…… 결국 저질 체력 때문에 포기하고 행정직을 택했지만……."

"나도 그랬어. 단지 그 사람을 잊기 위해 밤낮으로 어딘가에 몰두하고 싶었지. 어차피 취직은 해야 할 것 같고…… 100미터, 1000미터, 공부하다가 생각나면 뛰었지. 그래도 또 생각나면 윗몸을 일으켰고 팔을 굽혔어…… 그런 면에서는 정말 경찰시험이 딱이었지."

"딱이었으면 됐지……."

혜경은 말끝에 불이 남은 담배꽁초를 혀로 말아 입안으로 넣었다.

"경찰이 되고 난 뒤에도 뛰었고, 일으켰고, 굽혔지만…… 기억은 희미해지지 않았어. 갈수록 선명해졌지. 그이와 함께한 식당, 거리, 커피숍, 왜 그리도 많이 다녔는지…… 거기에 혼자만 살아남았다는 죄책감마저……."

슬기는 눈을 감았다. 속눈썹이 축축이 젖어들었다.

"지질이 이야기 끝내야지……."

혜경은 담배에 불을 붙여 한 모금 빤 뒤 영욱에게 건넸다. 영욱은 연기와 함께 콜록콜록 말을 뱉었다.

"사실…… 시청 공무원……되고 뿌듯했어. 근데…… 윗사람, 아니 그 과장 놈이 1시간 일찍 출근해서 사무실 정리는 기본이고, 매일 아침 커피를 타라는 거야. 그럴 수 없다 했지."

"그랬더니?"

현아였다.

"왕따시켰어…… 출근한 사람들, 각자 자리에 앉기 전에 친한 척하면서 서로 인사를 나눴지만, 나에겐 눈길도 주지 않았어."

영욱은 담배를 길게 빨았다. 담배 끝이 빨갛게 달아올랐다가 수그러들더니 재로 매달렸다.

"새로 발령받아서 온 신참이 열심히 커피를 날랐지만 내 자리만 건너뛰었어. 그래서…… 복도 자판기에서 동전 넣고 커피를 뽑았지. 자리로 돌아와 컴으로 워드를 치려는데, 머리가 핑 돌았어…… 누가 봐도 좀 이상하다는 걸 눈치챌 수 있었건만, 그 누구 하나 다가와서 괜찮냐고 묻는 이가 없었어. 화장실에 갔지. 태어나서 그렇게 오랫동안, 그토록 많이 토해본 적이 없었어…… 내장이 다 뽑히는 줄 알았으니까."

"공황장애 같은데……,"

슬기였다.

"맞아…… 공황장애. 그 다음 날 바로 병원에 갔지. 그후 지질이라고 업무 협조 배제, 대화에 끼워주지도 않고 팀 내에서 고립시켰어. 투명인간 취급당했지. 그렇다고 업무 부담이 없냐 하면 그 반대였어. 아주 잡스러운 일까지 시켰으니까. 퇴근 후 씻지도 못하고 컴퓨터 앞에서 잠든 게 한두 번이 아니었어. 그렇게 3개월을 보냈지…….”

영욱의 지질이 이야기는 보카치오의 『데카메론』 9일 차 이야기, 일명 개망신 이야기를 떠올리게 했다. 말끝에 영욱은 더이상 기억하고 싶지 않다는 듯 도리질을 하곤 알약을 찾았지만 모두 삼킨 뒤였다. 영욱은 준혁을 노려보며 “수면제 맞아?”라고 소리쳤다.

“수면제가 아니라 수면유도제…… 왜 더 줘?”

준혁은 눈을 아래로 깔며 알약을 봉지째 내놓았다.

“수면제든 수면유도제든…… 잠은 안 오고 배만 고프네…… 아니, 고프다 못해 속이 쓰리네.”

슬기의 말이 끝나기 무섭게 혜경이 준혁을 향해 소리쳤다.

“야! 바른대로 말해. 소화제지?”

“아니, 수면유도제…….”

“음식하고 수면유도제, 상식적으로 둘 중 뭘 먼저 먹어야겠어?”

“…….”

혜경의 예리한 질문에 준혁은 당황했다.

"마지막 음식이니까…… 수면……."

"그래? 그렇다면 번개탄 피워! 약으로 뒈지기 힘든 거 보니, 나 포함해서 다들 명줄이 기네!"

4부

어제도, 오늘도 쇼가 펼쳐졌고 펼쳐지지만
어느 편이 관람객인지 모른다.
세상은 나를 마네킹으로 보고,
난 세상을 진열장 속 유물로 보니
유리를 걷어내면 유물 앞에 선 마네킹이 된다.

유물 앞에 선 마네킹

"할말이 있어! 미진이 죽지 않겠다면 나도 안 죽을 거야."

영욱이 가스토치를 번개탄에 가져가자 명수가 소리쳤다.

"아이코, 지랄을 하세요. 야, 뒈지러 왔지, 연애하러 왔나? 약 처먹었는데, 왜 이리 말똥해!"

말끝에 혜경은 한쪽 코를 손으로 막고 코카인을 빨아들였다. 그와 동시에 미진은 준혁 앞에 놓인 알약 봉지를 털어 삼켰다. 명수는 굳어버렸다. 준혁은 명수가 미진의 입에 손가락을 넣고 구토를 유발하는 등 몸부림쳐주기를 바랐건만 명수는 체념한 듯 보였다. 와중에 영욱은 못과 꺾쇠로 쪽창을 고정해버렸다.

"잠깐만, 다들 진정하자고!"

준혁은 겁이 났다.

"진정하자니 뭔 말이야? 죽으러 오지 않았어?"

"……."

"다들, 스마트폰 내놔."

"스마트폰은 왜?"

준혁의 물음에 영욱은 싸늘하게 답했다.

"저승에서는…… 터지지 않으니까."

하나둘 방바닥에 스마트폰이 놓였다. 영욱은 준혁의 것부터 망치로 박살을 냈다. 시나리오에 금이 가기 시작했다. 119나 경찰을 부를 기회가 사라져버렸다.

"아니, 왜 이리 급한 거야…… 이승에서의 마지막 순간인데…… 조금 더…… 그리고 이왕 갖고 온 음식, 마지막…… 음식은 먹어야…… 하지 않을까?"

준혁은 당황한 나머지 말을 더듬었다. 말끝에 빼빼로 봉지를 방바닥에 쏟아부었다. 누군가 반응해주기를 바랐으며, 현아가 말을 받았다.

"근데, 음식은 왜 갖고 오라 했지?

준혁은 미리 준비해둔 말을 읊기 시작했다.

"사진작가 제임스 레이놀즈는 사형 집행 전 사형수들이 선택한 최후의 만찬을 찍었어. 프렌치프라이와 치킨, 밀크셰이크 세트, 바나나·파인애플·사과·포도·망고 세트. 달걀과 쿠키, 커피 한 잔 세트. 콜라와 비스킷, 하겐다즈 아이스크림 한 통 세트. 식사를 원하지 않는 사람들을 위한 성냥과 담배 한 갑 세트 등……."

중간에 슬기가 말을 끊었다.

"결국 우리가 사형 집행 전 사형수들 같다는 거야? 그래서 마지막 음식을 준비하라 그랬어?"

"그런 건 아니지만…… 생의 마지막 순간을 맞는다는 건 확실히 생의 그 어떤 순간보다 의미 있다고 봐…… 그리고 먹기 위해 산다는 말도 있잖아. 1년 365일 하루도 빠지지 않고 하는 일이 먹는 일인데, 나 같은 경우 25년 사는 동안 2만 7000번 정도 먹은 셈이고…… 그 2만 7000번 식사 중 마지막인데…… 중요하지 않을까?"

"계속해봐……."

현아였다.

"어디까지 했지?"

준혁은 알면서도 물었다. 현아가 답했다.

"담배 한 갑 세트……."

준혁은 생각났다는 듯 고개를 끄떡이고 다시 분위기를 잡았다.

"그중 그의 눈길을 끈 건 아직은 뺨이 빨간 어린 소녀들을 강간 살해한 로버트 빌이 선택한 38구경 권총 총알을 닮은 씨를 뺀 올리브 한 알이었지. 그 씨가 빠진 한 알로 저승에서 올리브나무를 싹 틔우려 했을까? 두 알이면 대장을 거쳐 항문으로 빠져나왔을까? 오렌지색 식판 중앙에 놓인 까만 올리브, 좀더 멀리 놓고 보니 속이 꽉 찬 씨앗처럼 보였대. 밀레의 〈만종〉 속 가난한 농부의 손바닥 위 밀알을 닮은…… 그 다음 날 아침, 빌이 전기의자에 앉기까지 그 한 알, 식도를 타고 소장까지 밀려와선 뚝, 그 자리에 멈췄으면 했다고 해."

"소설을 써라, 소설을…… 살고 싶은 연놈들 지금 당장 나가!"

혜경이 더는 못 참겠다며 소리를 질렀다. 영욱은 하나둘 번개탄을 쌓았으며 준혁과 명수는 서로를 보며 표정을 읽었다. 명수는 '네 위클리 맨이잖아', 준혁은 '미진을 사랑한다며 뭐가 두려워, 액션을 취해봐!'

불같다가, 얼음 같다가 그런 변덕이 없었다. 갑자기 높이 쌓인 번개탄 앞에서 뜻밖에 혜경이 차분한 목소리를 냈다.

"나와 세상 사이엔 한 장의 유리가 있다. 투명한, 얇지만 강한…… 그것은 마치 쇼윈도 같다. 어제도, 오늘도 쇼가 펼쳐졌고 펼쳐지지만 어느 편이 관람객인지 모른다. 세상은 나를 마네킹으로 보고, 난 세상을 진열장 속 유물로 보니 유리를 걷어내면 유물 앞에 선 마네킹이 된다."

지금까지 그녀, 아니 그는 위악적이었다는 느낌이 들었다. 보카치오의 『데카메론』 중 시집가던 공주가 여기저기 납치당해 떠돌면서 여러 남자를 거친 끝에 숫처녀 행세하며 결혼하는 이야기, 배우자를 속이고 애인과 분탕을 즐기는 이야기, 수도원장이

마을 여자를 유혹하는 이야기 같은 내내 19금 스토리만을 기대했는데, 뜻밖에 메타포를 총동원한 멋진 시 한 수로 대미를 장식한 느낌이었다. 잠시 정적이 흐르고 길지 않은 고요는 옆방에서 들려온 인기척으로 깨졌다.

"곧 한판 할 모양이다…… 히히, 못 살아, 이 와중에도 축축해질라 그러네."

혜경은 다시 본 모습으로 돌아왔다. 아니 어느 것이 그, 그녀의 모습인지 몰랐다.

"그 아저씨인가보네. 아가씨 오면 방에 들여보내 달라던……."

준혁의 말에 혜경은 입을 삐쭉거렸다.

"아저씨는 무슨 얼어 죽을 아저씨, 조폭 새끼지…… 면상에 관한 한 난 몽골인이야. 100미터 전방에서도 조폭과 민간인을 구분할 수 있지…… 어디 중개해봐? 안 봐도 비디오야. 지금쯤 여자애가 옷을 벗기 시작, 엉덩이를 까고선 뒤돌아 한두 번 돌린다. 침을 꼴깍 삼키며 바라보는 조폭. 이어 등뒤에 그려진 용 문신이 승천할 듯 꿈틀댄다."

'기대도 안 했는데…… 주인공을 명수나 미진이 아닌 혜경으로 해야 하나?'

준혁은 혜경의 캐릭터가 갈수록 마음에 들었다.

"세상은 감옥이지…… 어릴 때부터 그랬어. 학교 다닐 때 남녀 분반, 남녀 기숙사, 남녀 교복, 남녀 화장실. 남녀란 말만 들어도 죄를 짓는 느낌이었어. 죄 중에서도 가장 불안에 떨게 만드는 내가 누군지 숨겨야 한다는 강박감에 시달리는 간첩죄. 초등학교 5학년 때였어. 큰맘 먹고 새로 전학 간 학교에서 머리를 길게 하고 갔더니, 애들이 반종이라고 놀렸어. 그렇잖아…… 애들은 조금만 다르다고 생각하면 이상한 애라고 은따 하잖아. 그때부터 나를 숨겨야만 했어. 내 사춘기는 정말 겉으로는 평화, 속으로는 전쟁이었지. 그 전쟁에서 이겨야겠다고 생각한 건 바로 한 남자를 만나고부터야…… 난생처음 내가 여자로구나, 몸으로 느끼게 해주었어. 그날부터 내가 누군지 숨길 필요를 느끼지 않게 되었지. 하지만 내가 누구라고 떳떳하게 밝혔건만, 사회는 그 떳떳함을 추악함으로 받아들였어. 그렇다고 그것 때문에 죽으려는 건 아니야…… 어느 날 또다른 간첩이 내 안에 숨어 있다는 걸 느꼈기 때문이지. 그것도 이중간첩. 몸속 아닌 마음속에 있는 또다른 남자. 어릴 때 느꼈던 성정체성장애나 성주체성장애하고는 완전히 다른. 히히…… 말하자면 난, 자웅동체인 셈이지."

혜경은 손을 팬티에 가져가 마스터베이션하는 시늉을 했다.

"이런 거 하고는 질적으로 달라."

손으로 떡을 치는 시늉을 하며 말을 이어갔다.

"난, 다 갖고 있어. 놈들도 필요 없고 연들도 필요 없어. 우린 부부야, 내 몸속, 내 마음속, 남편과 마누라가 자살하라 시켜서

하는 거야! 근데…… 동반자살하래…….”

“누가요?”

준혁도 이야기 속에 빠져들었다.

“누가요? 말 봐, 누가? 해봐.”

“누…… 누가?”

혜경은 준혁의 귀에다 속삭였다.

“나…… 사공철호.”

◈

그 무렵 박 경사와 김 순경은 주택을 앞세워 펜션들을 뒤지고 있었으며 미진의 부모는 가평 초입에 들어섰다.

가위바위보

방바닥에는 먹다가 만 먹을거리들이 뒹굴고 있었다. 치킨, 미숫가루, 빼빼로, 치즈소시지.

"내가 원래 소화불량 증세가 있거든. 근데 오늘은 이상하게 그렇지 않아. 그 반대야. 소화가 너무 잘 돼서 탈이야. 죽으려는 마당에 배고픔을 느낀다는 게 말이 된다고 생각해?"

혜경은 말끝에 준혁을 노려보았다.

"……."

"어쨌든 당기네……."

혜경은 치킨에 눈길을 주었다.

현아가 치킨을 혜경 앞으로 밀어주자 혜경은 치킨을 찢었다. 몇 조각을 영욱에게 건네자 영욱은 잠시 망설이다가 게걸스레 먹기 시작했다. 이어 손들을 치킨 쪽으로 뻗었지만 미진만은 얌전히 있었다. 명수가 치킨 조각을 미진에게 건넸다.

"받아. 100만 송이 장미라 생각하고. 사랑한다잖아…… 그것도 뒈지는 날."

혜경의 말에도 미진이 거부하자 명수도 먹지 않고 손에 쥐고만 있었다.

와작와작 씹는 소리가 들리고 방바닥에는 뼈다귀만 남았다. 그때 명수가 치즈소시지를 들고 말했다.

"원 플러스 원으로만 먹다가, 제값 주고 샀어……."

그제야 미진은 만지작거리던 막대사탕을 입으로 가져갔다. 지켜보던 명수가 치즈소시지를 입에 넣자 준혁은 빼빼로를 씹어 삼켰다. 슬기는 봉지 속 미숫가루를 한 움큼 쥔 뒤 입에 넣고 컥컥거렸다. 순식간에 도미노 칩이 무너지듯 먹을거리 앞에 고꾸라졌다.

입속 초콜릿이 다 녹자 영욱은 망치와 꺾쇠, 못을 들고 문 앞으로 갔다. 놀란 준혁이 소리쳤다.

"잠깐만. 마지막으로 할 게 있어!"

영욱은 망치를 든 채 준혁을 노려보았다.

"또 잠깐만이야? 너 진짜 죽으러 온 거 맞아?"

그때 옆방에서 여자의 교성이 들려왔다. 혜경이 손으로 쾅쾅 벽을 쳤지만 교성은 갈수록 더 크게 들려왔다. 혜경은 발로 벽을 차버렸다. 순간 조용해졌다. 잠시 뒤 "죽었어?" 여자 소리가 들리고 "죽긴, 이년아!" 남자 소리, 비 오는 날 기적처럼 들리더니 씩씩 기차 발통 굴러가는 듯한 소리로 변했지만 이내 "죽었잖아!"가 덮어버렸다. 회원들은 서로를 보았다. 민망해야 할 일 같았는데, 그냥 이승에서의 마지막 잡음으로 치부하겠다는 듯 담담해했다. 하지만 잠시 후 들려온 노크소리에는 반응을 달리했다. 회원들은 숨을 죽였다. "문 열어, 씨발!"과 함께 쾅! 문을 차는 소리가 울렸다. 준혁은 황급히 번개탄을 치웠다. 꺾쇠로 문을 폐쇄하려던 영욱은 허공에 망치를 멈출 수밖에 없었다. 다시 "야, 어디가?" 남자 소리가 들리고 "쇼트타임이잖아, 설 때 다시 불러!" 여자 소리가 들렸다. 열받은 남자는 온 힘을 다해 문을 찼다. 영욱은 고개를 돌려 회원들을 한 번 본 뒤 문을 열어주었다.

"어떤 새끼가 벽 쳤어?"

조폭은 침을 튀겼다.

"어쭈! 너네들은 떼씹하면서 남 혼씹하는 건 못 봐주겠다 이거야?"

영욱의 손에 들린 망치를 본 조폭의 인상이 최대한 험악해졌다.

"이 새끼가…… 이걸로 치겠다? 그래, 한번 쳐봐, 새끼야!"

"이렇게!" 소리와 함께 픽! 소리가 들리고 영욱은 나가떨어졌다. 준혁 외 이 상황을 반기는 사람이 있었으니, 명수였다. 명수는 내심 판이 통째로 깨졌으면 했다. 조폭은 스커트를 허리까지 올리고 있는 혜경을 보며 황당함을 감추지 못했다.

"저건 또 뭐당가? 연이야, 놈이야. 아니, 암놈이야, 수놈이야⋯⋯."

혜경은 담배 개비에 침을 바른 뒤 손가락으로 훑으며 말했다.

"둘 다."

"반종 새끼구만. 근데, 아랫도리는 그냥 두고 가슴에 뽕만 넣었구나. 그리고 입술엔 또 뭐여?"

조폭은 혜경의 입술에 묻은 코카인 가루를 알아보았다. 혜경은 입술을 손바닥으로 훑으며 말했다.

"그래, 니기미 뽕이다. 씨발놈아⋯⋯."

조폭이 어이없다는 표정을 짓자 혜경은 손가락으로 똥개 부르는 시늉을 했다. 조폭이 주먹을 쥐고 혜경에게 달려가자 혜경은 뺨을 내밀었다.

"쳐봐 새끼야⋯⋯ 아니 죽여줘. 소원이야."

"이런 개쌍년, 개쌍놈이!"

조폭은 주먹을 들었다가, 놓았다가 어쩔 줄 몰라 했다.

"야, 너 하다가 죽어버렸지? 그깟 벽 한 번 친 소리에 번데기가 되면 쓰겠냐."

조폭은 혜경의 머리칼을 잡고 주먹으로 얼굴 치는 시늉을 했다. 혜경은 팬티 위를 두드리며 말했다.

"내 것도 네 거보단 낫겠다."

마침내 조폭은 혜경의 얼굴에 주먹을 날렸다. 영욱이 조폭의 팔을 잡고 늘어지자 명수마저 힘을 보태니 순식간에 난장판이 되어버렸다. 혜경은 번개탄을 냅다 던지며 소리쳤다.

"그만두라고 씹새끼들아!"

◆

"우리 정식으로 한판 붙자. 너와 나."

씩씩거리는 조폭을 보며 혜경은 웃으며 말했다.

"햐, 오늘 떡 한번 치려다가 초상 치르게 돼버렸네. 그래, 어떻게?"

혜경은 영욱에게 망치를 달라고 했다.

"아이고, 망치로 치겠다? 어디 한번 쳐봐!"

혜경은 망치로 자신의 머리를 치는 척하다가 손바닥을 두드리며 말했다.

"내기하자. 가위바위보로…… 지는 사람이 이기는 사람의 머리를 치는 거다."

망치로 머리를 친다, 거기에 가위바위보로 정한다, 또 거기에 지는 사람이 친다? 셋 다 상식 밖이라 생각되었지만 조폭은 그중에서도 가장 의아한 걸 물었다.

"이기는 사람이 아니고…… 지는 사람이?"

"싫으면 이기는 사람이 치든가."

조폭은 두번째 의아한 걸 물었다.

"망치로?"

"그래, 망치로."

조폭은 마지막 걸 물었다. 마지막이었지만 의아함을 넘어 엽기적이었다.

"머리를?"

"왜 쫄리냐? 그럼 손, 발부터 시작하지 뭐……."

혜경은 망치로 자신의 왼발을 사정없이 내리쳤다.

마침내 의아하고도 엽기적인 것들이 현실이 되고 말았다. 실현되어버린 이상 더 의아해할 것은 없었다. 피가 흐르는 혜경의 발을 보며 조폭이 목소리를 높였다.

"그래, 깡으로 버티겠다? 나, 사시미칼로 피아노 치듯 손가락 날리는 놈이야. 배때기 찔러 등뼈까지 아작 내는 게 내 특기고…… 너, 오늘 죽었다, 씨발."

"하던 거 마저 해……."

혜경은 영욱에게 망치를 건넸다. 영욱은 망치를 받아들고 문쪽으로 갔다. 문 모서리마다 꺾쇠를 대고 못을 박았다. 영욱이 망치로 문을 폐쇄해버리자 조폭은 당황했다. 하지만 조폭보다는 준혁, 준혁보다는 명수가 더 당황했다. 명수는 절박한 표정으로 미진을 보았지만 미진은 명수의 눈을 피해버렸다.

"뭐야, 뭐 하자는 거야?"

조폭은 꺾쇠가 사방에 박힌 문을 올려보며 소리를 높였다.

"뭐긴 뭐야, 죽이겠다며? 사는 거 좆나게 재미없다가 재미나게 죽겠네, 히히……."

조폭은 순간적으로 다른 회원들이 말려주기를 바랐다. 다들 미동도 하지 않고 넋이 나간 표정을 짓고 있었지만 준혁과 명수만은 달랐다. 명수는 미진에게 자신만의 신호를 한껏 보내고 있었으며 준혁은 수습할 때라 생각했다.

"잠깐만!"

준혁의 외침에 혜경은 "쉿!" 하며 입에 손가락을 대곤 영욱에게 망치를 달라 했다.

"그래, 네 말처럼 이기는 사람이 치는 거다."

혜경은 가위바위보를 외쳤다. 혜경은 주먹을 냈지만 조폭은 아무것도 내지 않았다.

"왜, 쫄리냐?"

그 말에 조폭이 가위바위보를 외쳤다. 결과는 조폭이 보자기, 혜경이 주먹. 조폭은 배시시 웃으며 망치를 들고 혜경의 오른발을 힘껏 내리치는 시늉을 하다가 망치를 내려놓았다.

"반종아…… 오늘, 좋은 형님오빠 만난 줄 알아라."

혜경은 망치로 자신의 오른발을 힘껏 내리치며 말했다.

"앉아……."

피가 흐르는 혜경의 오른발을 훔쳐보던 조폭이 목소리를 높였다.

"하! 이게 진짜…… 끝까지 해보자는 거야?"

조폭은 좌우를 둘러보다가 다시 앉았다. 몇 번 비기다가 마지막으로 혜경 주먹, 조폭 보자기. 혜경은 왼손을 조폭 앞에 내놓았다. 조폭은 힘껏 혜경의 왼손을 망치로 내려찍었다. 혜경은 입술을 깨물었다. 터져버린 손등에서 솟구치는 피가 장판에 번졌다.

"이번엔 머리다."

혜경의 목소리는 흔들리지 않았다. 조폭은 애써 태연한 척했지만 목소리는 떨렸다.

"그만……하더라고…… 이쯤해서……."

회원들은 "우우" 하며 조소를 보냈다. 슬기의 "쫄았구나", 현아의 "저것도 남자라고……", 영욱의 "겁쟁이 새끼…… 불알 때라." 열받은 조폭은 힘껏 가위바위보를 외쳤다. 세 번 비긴 후 결과는 혜경 주먹, 조폭 가위. 조폭의 얼굴이 하얗게 질렸다. 혜경이 망치를 들고 조폭의 머리를 내리치는 시늉을 하자 조폭은 두 손으로 머리를 감쌌다. 혜경은 손으로 조폭의 성기를 움켜쥐곤 말했다.

"마지막으로 한 번 줄래?"

"아…… 잘못했다…… 아니, 잘못했습니다요."

"난 모르겠는데, 네가 뭘 잘못했는지……."

"앞으로 형님, 아니 누님으로 모시겠습니다요."

"그래? 죽으려니까 팔자에도 없는 동생이 생겨버리네. 그것도 조폭 동생. 하하…… 너 살면서 나쁜 짓만 했지?"

조폭은 떨리는 목소리로 답했다.

"아닙니다요. 좋은 일도 많이 했습니다요."

"한번 씨부려봐라. 뭔 좋은 일을 했는지……."

"무엇보다, 의리를 지켰습니다요. 밑에 동생들, 생일까지 챙겨주고…… 친구 대신 칼도 맞아주고…… 그리고 못 믿으시겠지만 불우이웃돕기까지 했습니다요."

"네 돈으로?"

"네……."

"어떻게 번 건데?"

조폭은 시선을 혜경의 손에 들린 망치에 두고 답했다.

"업소 수금, 삥땅, 보이스피싱, 사채이자……."

"나쁜 짓이네…… 결국."

"하지만, 가슴만은 그렇지 않습니다요. 따뜻하당게요. 진정 없는 사람들 편에 서서……."

"그래, 살려줘야겠다. 이런 나쁜 놈하고는 함께 갈 수 없어…… 그렇지 않아?"

혜경은 회원들을 보며 동의를 구하듯 말했다. 조폭은 어리둥절

해했다.

"무슨 말인지……요?"

"응, 우리 동반자살중이거든…… 길고 외로운 저승길, 함께 손잡고 가기 위해."

조폭은 동정의 눈빛을 보였다.

"어매, 힘드셨구먼요. 좆같은 세상, 맞습니다요. 충분히 이해하고 공감합니다요. 그리고 미안합니다……."

"뭐가 미안한데."

"그런 줄도 모르고 나 혼자, 옆방에서 그 짓을……."

"할 수 있지……."

혜경은 손으로 떡 치는 시늉을 하며 말을 이어갔다.

"난, 수시로 하고 싶었지만, 못 해서 한이었는데…… 야, 그러고 보니, 애한테 착한 구석도 있네. 마음도 여린 것 같고…… 자기 말대로 의리도 있어 보이고…… 그래, 함께 가자."

순식간이었다. 조폭이 경계를 풀고 있는 사이, 혜경은 그의 머리를 망치로 내리쳤다. 조폭은 쓰러졌고 깨진 머리에서 흘러내리는 피가 장판을 적셨다. 안절부절못하는 준혁은 몰래카메라 쪽으로 다가가 '교수님! 경찰! 경찰!' 입 모양을 만들어 보였다. 그 틈을 타 명수는 미진에게 나가자고 했지만 미진은 명수의 손을 사정없이 뿌리쳤다.

한 방 블루스

박 경사는 끝으로 전화를 받지 않던 펜션들에 전화를 걸었다.

"경찰이요? 사고 현장에서 말씀드렸다던데…… 고소 않겠다고요. 그쪽에서 100퍼센트 보상하겠다고 해서."

"사고요? 무슨 사고요?"

박 경사가 오히려 물어야만 했다.

"자동차사고요. 제 아내가 자동차사고를 당해서 지금 병원에 와 있거든요."

그때 주택이 김 순경에게 차를 세워보라 했다. 박 경사는 주택을 향해 손을 저으며 잠자코 있으라 했지만 주택은 엉덩이를 손으로 틀어막으며 소리쳤다.

"급해유! 급하다니까유!"

박 경사는 뒤돌아 주택의 머리를 손으로 누른 뒤 통화를 계속했다.

"아, 네. 저희는 자살사건 땜에 전화를 드렸어요, 동반자살. 조금 전에는 전화를 안 받으시더니 지금은 받으시네요."

주택은 목소리를 낮추어 차분히 말했다.

"그럼 나, 여기서 싸버릴래유……."

오히려 주택의 나지막한 목소리에 박 경사는 반응했다.

"잠깐만요, 잠시 후 다시 전화드릴게요."

전화를 끊은 뒤 박 경사는 주택을 보며 눈알을 부라렸다.

"햐, 진짜 골통이네…… 가지가지 한다."

박 경사는 김 순경에게 길섶에 차를 세우라고 했다.

주택은 온갖 들풀과 억새가 우거진 곳에서 바지를 내렸다. 박 경사와 김 순경은 주택을 지켜본다고 보았지만 불어오는 바람에 흔들리는 억새 사이의 주택이 보였다가, 안 보였다가 했다. 잠시 뒤 바람은 멎었건만 주택은 보이지 않았다.

"어…… 어디 갔어?"

당황한 두 사람은 차문을 열고 황급히 뛰쳐나왔다. 마침내 길섶에서 튀어나와 도로 한가운데로 뛰어드는 주택을 발견했다. 반대편에서는 덤프트럭이 달려오고 있었다. 불안한 예감에 **박** 경사가 "야, 트럭!" 하고 소리쳤다. 주택은 피하기는커녕 덤프트럭 정면을 향해 멈추어 섰다. 부딪히려는 순간 트럭 기사는 곡예하듯

아슬아슬하게 피했으며 이어 숨가쁜 추격이 시작되었다. 주택은 길 건너 마을 쪽으로 달렸으며 박 경사와 김 순경은 서로 반대 방향에서 포위망을 좁혀나갔다.

시골집 헛간에 들어선 주택은 웅크린 채 숨죽이고 있었다. 그때 개 한 마리가 옆을 지나가다가 주택을 보고 짖기 시작했고 개가 컹컹 짖는 그 소리는 박 경사와 김 순경을 불러들였다. 주택은 살피다가 농기구들 속에서 오함마를 집어들곤 둘을 향해 휘둘렀다. 오함마가 땀이 찬 주먹에서 빠져나가 저쪽으로 내동댕이쳐지자 이를 놓치지 않고 박 경사와 김 순경은 주택을 덮쳤다.

"햐, 진짜 이런 골통은 처음이네…… 그냥 시한폭탄이다. 혼자 뒈질 수 있는데, 왜 떼거지로 뒈지겠다 지랄이었을까?"

"통밥을 굴려보니, 현장에 가봐야 어차피 자살 못 할 것 같아 그랬겠죠."

주택은 수갑이 채워지고 있는 자신의 손목을 보며 중얼거렸다.

"소용없을걸……."

그 말에 김 순경은 주택의 손을 뒤로 해서 수갑을 채웠다. 역시 주택은 "소용없을걸……"이라고 중얼거렸다.

"그러니까 그 전환가보네요…… 낮에 받으려니까 끊어지대요. 지금은 스마트폰에 착신을 해서 받고 있고요. 근데 자살사건이 저희와 무슨 상관있다고?"

펜션 주인장의 목소리가 떨렸다.

"혹시 손님들 중에 단체로 오신 분들 없나요? 일곱 명……."

"일곱요? 있는데요."

"남녀 각 몇인가요?"

"남자 셋, 여자 넷이던가? ……그래요."

박 경사는 김 순경을 향해 손으로 동그라미를 그려 보였다.

"그 사람들 번호 좀 가르쳐주십시오. 예약할 때 전화했을 거잖아요."

"그건 좀……."

"경찰입니다. 위급 상황이에요. 동반자살을 할 사람들입니다. 못 믿으시겠다면 영상통화로 합시다."

펜션주인장이 준 전화번호를 최신 통화 리스트와 대조해본 박 경사는 빙그레 웃었다. 현아 것이었다.

◆

조폭은 방 중앙에 뻗어 있었고 회원들은 그 주위를 둘러싸고 있었다. 다들 심각한 표정을 지은 채 침묵을 지키고 있는 가운데 준혁이 소리쳤다.

"아무래도 이건 아니지 않나!?"

"그럼 어쩌자는 거야. 우린 이미 죽기로 마음먹었고…… 어쨌든 이 사람은 상관없잖아……."

슬기의 말에 고개를 숙인 채 좌우로 머리를 흔들던 미진이 뭔가 말하려다 말았다.

"아니…… 마음 맞는 사람들끼리만 함께하겠다는 거 아니었나? 아니잖아…… 저 사람은."

준혁의 말이 조금 전 미진이 하려던 말이었다.

"그래, 절대로 아니야!"

명수도 가만있지 않았다.

"지금은 그런 거 따질 여유가 없어! 죽는 게 중요하지!"

슬기는 강경했다. 준혁은 마지막 수단을 강구해야만 했다.

"이건 우리 의도와 달라…… 동의할 수 없어. 이럴 바에야 왜 동반자살을 해? 이중에 한 사람이라도 싫은 사람이 있으면 실행할 수 없음이 원칙 아닌가? 오하마의 경우를 생각해보자구. 우리 중 누군가가 싫다고 해서 따돌렸잖아. 같은 경우야, 이것도!"

벌떡 일어나는 준혁을 보며 영욱이 소리쳤다.

"야! 너 정말 죽으러 온 거 맞아? 아까부터 시간만 질질 끌던데…… 그리고 왜 벽을 자꾸 봐?"

영욱은 창 쪽으로 갔다. 준혁은 안절부절못했다. 한참 동안 벽을 들여다본 영욱은 고개를 갸우뚱거리며 조각난 번개탄을 쌓았다.

"불붙여!"

번개탄만 눈에 들어오면 혜경이 던지는 말이었다. 그때 슬기가 "잠깐만!" 하고 외쳤다.

"이 사람, 밖에 내놓으면 안 될까? 옆방, 자기 방에⋯⋯."

현아가 답했다.

"지금 거기에 옮긴다고 뭐가 달라질까? 병원에 데려가지 않는 이상 여기에 두나, 옆방에 두나 마찬가지지. 그리고 옆방에 두고 번개탄을 피울 순 없잖아. 아니, 피울 순 있겠지만 우리 죽을 때까지 마냥 이 사람 저렇게 누워 있을 거란 보장도 없고⋯⋯ 그리고 펜션 주인이 돌아오면⋯⋯."

현아는 말끝에 손으로 머리를 감쌌다.

"불붙여!"

혜경이 소리치자 영욱은 로봇처럼 일어나 가스토치를 눌러 번개탄에 쐈다. 치익, 불이 붙고 혜경은 피어나는 불꽃을 보며 흥얼거렸다.

"좋네⋯⋯ 캠프파이어하는 거 같다. 씨발."

명수는 일어나 미진 곁으로 가서 앉았다. 혜경이 두 사람을 보고 소리를 질렀다.

"지랄하고 자빠졌네! 미쳤다 장혜경, 아니 사공철호. 이 와중에도 질투가 나네!"

그즈음 준혁은 무슨 말이든 해야만 할 것 같았다.

"내가 여러분이라면 죽지 않을 것 같아⋯⋯ 내가, 영욱 씨, 슬기 씨라면 공무원 그 철밥통을 지키며 예쁜 여자 만나 결혼도 하고, 애도 낳고 알콩달콩 잘살 것이며, 내가 만약 미진 씨라면 대학교가 아니라 학과, 그러니 성적에 맞춰 적성 살릴 수 있는 학과를 선택해서 그 분야 전문가가 되겠어. 그리고 외동딸이라 했잖아. 무엇보다 그 많은 부모님 재산, 절대 남 주지 않을 거 같아. 그리고 내가 만약 명수 씨라면 어떻게 해서라도 그런 미진 씨를 살려서 내 여자로 만들 것 같아⋯⋯."

준혁은 번개탄 연기에 콜록콜록 기침을 해가며 말을 이어갔다.

"내가 만약 현아 씨라면, 정말 200만 원 때문에는 자살하지 않을 것 같아. 난 주식으로 하루에 2000만 원도 날려봤어. 알고 보니, 작전주였어. 상한가에서 10여 분 만에 하한가로 곤두박질쳐버리더라구⋯⋯ 손절할 틈도 주지 않았어. 200만 원, 내가 줄 수 있어."

준혁은 말끝에 바지주머니에서 지갑을 꺼내 바닥에 내놓았다.

"난 답 없지, 그지? 말해봐. 있어, 없어?"

혜경의 말에 준혁은 깜깜함을 느꼈지만 포기할 수는 없었다.

"어쨌든 앞으로 우리 정부도 젠더에 관한 한 성소수자 배려정책을 적극적으로 펼칠 예정이라니까⋯⋯."

순간 닭뼈들이 준혁의 얼굴로 날아들었다.

"어느 세월에, 새끼야⋯⋯ 그거 대통령 연놈들, 다섯 바뀌어도 안 되더라. 다들, 주둥아리만 살아가지고, 씨발."

방은 연기로 자욱해졌고 나머지 회원들도 기침을 하기 시작했다.

"죽기 싫은 연놈들, 다 나가. 나 혼자 죽을 거야."

혜경의 말에 명수가 미진의 손을 당겼지만 미진은 명수의 손을 물어버렸다.

준혁은 망치를 들고 영욱이 박아둔 꺾쇠를 빼내려 했다. 싸움이 벌어지고 밀고 당기는 가운데 준혁이 소리쳤다.

"나, 거짓말했어! 자살하러 온 거 아니야! 너네 구하러 왔단 말이야! 나가자구! 나가서 살아야지! 젊잖아, 뭐든 할 수 있어, 있다구!"

순간 정적이 흘렀다. 자욱한 연기 속에 유령들이 서 있는 것 같았다. 이내 정적은 들려오는 사이렌소리에 의해 깨지고 다들 당황하기 시작했다. 갈수록 웽웽 소리가 가깝게 들렸으며 모두 맴돌며 어쩔 줄 몰라 했다. 순간 생각지도 못한 일이 벌어졌다. 준혁의 손에서 떨어진 망치를 잡은 슬기가 자신의 정수리를 힘껏 내리쳤다. 이어 현아는 망치를 들고 자신의 머리를 내려치려다가 혜경에게 부탁했다. 망치를 받아 쥔 혜경은 현아의 정수리를 때린 뒤 영욱에게 망치를 건네며 말했다.

"한 방에 가게 해줘. 네 손에 죽으면 행복할 것 간아."

'그래, 나도 네가 좋아…….'

망치를 받아 쥔 영욱은 힘껏 내리친 뒤 망설임 없이 자신의 정수리를 때렸다.

"교수님 제발! 경찰 불러줘요! 경찰!"

어쩔 줄 몰라 하던 준혁은 몰래카메라를 보며 절규했다.

미진은 담담한 표정으로 명수에게 망치를 건넸다. 망치를 받아
든 명수가 준혁을 노려보며 소리쳤다.

"위클리 맨이라며? 어떻게 좀 해봐!"

준혁은 싱크대에서 칼을 빼낸 뒤 문에 박힌 꺾쇠를 뜯기 시작
했다.

"함께 살면 안 될까? 내 짝인데, 마침내 내 짝인데."

미진은 망치를 쥐고 있는 명수의 손을 잡으며 말했다.

"오빠가 수능 점수는 아니잖아요……."

"수능 점수가 뭣이 중요해! 사랑이 중요하지!"

"미안해요…… 그냥 죽고 싶어요……."

명수는 울면서 망치를 들었다. 미진의 머리를 치려다가 자신의
정수리를 쳤다. 명수가 쓰러지자 더듬거려 망치를 잡은 미진은
두 손으로 자신의 머리를 힘껏 내리쳤다.

"경찰이다. 문 열어!"

꺾쇠 하나만 남겨두고 있던 준혁은 몰래카메라를 보며 울부짖
었다.

"교수님! 나, 어떡해요…… 교수님!"

문 부수는 소리가 들리고 준혁은 몰래카메라를 떼어내 바지 주

머니에 넣은 뒤 바닥에 흩어진 피를 얼굴에 바르곤 재빨리 누웠다. 문이 떨어져나가고 박 경사 일행이 들어섰다. 자욱한 연기로 앞을 분간하기 힘들었다. 박 경사는 손으로 입을 막으며 주택에게 회원들의 얼굴을 확인하라고 했다. 수갑을 찬 채 비틀거리며 방 안으로 들어온 주택은 중얼거렸다.

"쯧쯧, 급했어, 급해버렸어…… 대갈빡 정중앙을 쎄려야 한 방에 가지."

주택은 왼손으로 오른손 의수를 빼버렸다. 의수를 빼니 오른쪽 수갑이 의수와 함께 덜렁 빠져나왔다. 망치를 집어든 주택은 신음소리를 가장 크게 내는 준혁부터 내리치기 시작했다. 준혁은 눈을 부릅뜨며 소리쳤다.

"난, 아냐! 난, 자살 안 하는……."

준혁의 마지막 말이었다.

"뭐, 뭐야! 저 새끼. 김 순경 뭐 해!"

김 순경이 달려가 망치를 뺏으려 했지만 역부족이었다. 허공에서 사선과 원을 그려내는 망치와 덜렁거리는 의수 앞에 물러설 수밖에 없었다. 주택은 현아를 시작으로 혜경, 영욱, 슬기를 차례대로 내리쳤다. 망치와 의수가 덜렁 쿵, 덜렁 쿵 할 때마다 퍽, 퍽 소리가 들렸다. 자욱한 연기 속에 주택과 쓰러진 회원들은 안개 속 흔들리는 버들가지처럼 보였다. 주택이 미진의 정수리를 내리치려는 순간, 총소리가 울렸다. 옆구리에 한 방 맞은 주택은 머리를 숙인 채 정수리를 가리키며 "쏴!" 하고 소리쳤다. 박 경사는 권총을 들고 부들부들 떨기만 했다.

"여기가 한 방 블루스유! 집채만한 황소도 여기 한 방이면 끝나유!"

주택은 연신 자신의 정수리를 가리켰다.

"망치…… 버려! 안 그럼…… 쏜다!"

박 경사는 떨었다.

"경찰도 공무원 나부랭이지? 나, 공무원 새끼들 믿고 거지된 놈이유…… 또 쏘겠다고? 거짓말 말어……! 진실이란 이런 거여……!"

말끝에 주택은 자신의 정수리를 망치로 내리쳤다. 허공에서 망치와 의수, 주택의 몸이 흘러내렸다. 그때 구석에 쓰러져 있던 조폭이 깨어나 망치를 잡고선 혜경의 머리를 내려쳤다. 픽 소리와 함께 탕 소리가 들리고 조폭 또한 흘러내렸다.

어차피

눈을 뜬 명수는 팔에 꽂힌 링거를 보고 병원인 줄 알았다. 반사적으로 손을 머리 위로 가져가니 붕대가 만져졌다.

"깨셨네……."

간호사의 말이 귀에 들어오지 않았다. 명수의 관심은 오로지 미진밖에 없었다.

"나머지 사람들은요?"

"함께 들어오신 분들이요?"

"네."

"중환자실에 있다가 조금 전 돌아가셨어요."

가슴이 철렁했다.

"이름…… 알 수 있을까……요?"

긴장으로 쉬 말을 잇지 못했다.

간호사는 들고 있던 차트를 읽어나갔다.

"사공철호, 하영욱, 김준혁, 설주택, 정현아, 한슬기…… 이분들은 영안실에 계시고…… 그리고……."

그리고란 낱말이 그렇게 조마조마하게 들린 적이 없었으며, 그러나와의 차이는 하늘과 땅 차이, 삶과 죽음의 차이라는 생각이 들었다.

차트 마지막 장에서 간호사는 "최미진" 하고 읽었다.

"어떻게…… 됐……어요?"

"저기요……."

간호사가 가리키는 쪽을 보았다. 병상은 가림막으로 둘러쳐져 있었다.

"상태는요?"

"환자분과 같은 증세예요. 머리 부분 창상과 일산화탄소 중독. 단지 일산화탄소 중독이 좀더 심할 뿐……."

"의식은요?"

"아직요. 자세한 건 과장선생님께 여쭤보세요. 곧 들어오실 거예요."

간호사가 나가고 명수는 팔에서 링거를 뺀 뒤 미진 쪽으로 갔다. 가슴에 귀를 댔다.

"살았네, 살았어!"

정말 오랜만에 살다라는 말을 내뱉었다.

◆

"나야. 명수……."

"여보세요"가 없는 현호는 전화를 받자마자 벌컥 화를 냈다.

"도대체 어떻게 된 거야. 내가 몇 번이나 전화했는지 알아?"

"나중에 따지고…… 지금, 당장 차 몰고 중앙병원으로 와줘. 죽고 사는 문제야. 너무 급해."

"왜 어디 다쳤어?"

"끊어야 돼. 경비 아저씨에게 잠시 전화를 빌렸어. 자세한 건 나중에 이야기하자. 주차장으로 와."

"아이고…… 지랄을 해요, 지랄을……!"

"얼마나 걸릴 거 같아?"

"30분, 새끼야!"

"알았어. 기다릴게."

막 미진의 부모가 차에서 내려 병원 안으로 들어가려던 참이었다. 간발의 차이로 명수는 미진을 둘러업고 응급실을 빠져나왔다.

미진을 업고 나오는 명수를 본 현호는 급히 차문을 열어주었다.

"너, 우리 할머니집 알지? 어릴 때 몇 번 가봤잖아."

"어이구, 알아, 근데 누구야?"

"내 짝."

"네 짝? 꼴통 새끼, 짝을 왜 병원에서 끄집어내니?"

"그럼, 공동묘지에서 끄집어냈으면 좋겠어?"

◆

"아프마 병원에 델꼬 가야지…… 여기 깡촌에 데리고 오마 우
얀다 말이고…… 혹시……니?"

"네…… 맞아요, 내 색시…… 할머니께서 노래하듯 말씀하시
던 내 색시. 그러니 빨리 준비 좀 해주세요."

할머니는 명수의 말을 반신반의하면서 방에다 요를 깔았다. 요
위에 눕힌 미진의 머리에 두른 붕대를 보며 쯧쯧거렸다.

"많이 다쳤구만."

할머니는 이불을 덮어주고 미진의 이마에 손바닥을 얹었다. 하
나밖에 없는 손자의 색시, 손자며느리가 예뻐 보였다.

◆

"하여튼, 못 말리겠다. 앞으로 어쩔려구?"

현호는 차에 올라타며 고개를 절레절레 흔들었다.

"살아봐야지⋯⋯."

"쟤하고?"

"응⋯⋯ 혼자 두면 자살할 거야⋯⋯ 나 또한 마찬가지고."

"그래, 둘 다 죽은 목숨이나 마찬가지지. 그 정신으로 뭐라도 못 하겠냐."

"고맙다, 너밖에 없다."

"말로만⋯⋯ 야! 참, 미키는?"

"응, 펜션 사무실에 있어. 네가 키워⋯⋯ 아무나 잘 따르는 녀석이니까."

"이제 짝이 생겼다. 이거지?"

말끝에 현호는 지갑에서 돈을 꺼냈다.

"약이라도 사⋯⋯ 짝꿍 상처 아물 때까지 연고라도 발라줘야지."

"그래, 너밖에 없다. 연락할게⋯⋯."

"야, 더이상 연락하지 마⋯⋯ 간다, 꼴통!"

◆

"정신이 드는가베."

"여기가⋯⋯ 어딘가요?"

명수 할머니를 본 미진은 깜짝 놀랐다. 저승인가 생각했기 때문이다.

"색시집……."

미진은 더욱 놀랐다. 방 안으로 들어오는 명수를 보았을 땐 충격에 입을 다물지 못했다.

"우리 죽지 않았나요……?"

"거의 죽었었지."

"왜 살렸어요?"

"살리지 않았어…… 살아났지."

미진은 체념한 듯 눈을 감았다. 눈물이 뺨을 타고 한없이 흘러내리자 명수는 손바닥으로 눈물을 훔쳐주었다.

바람이 불었다. 풍경 속 물고기 모양의 쇳조각이 종 안을 맴돌다가 댕댕 소리를 냈다. 떵샤가 떠오르고 짝이 생각났다. 하지만 풍경도, 떵샤도 바람이 없다면 또 흔들어줄 손이 없다면 소리를 낼 수가 없다. 그런 바람이, 그런 손이 그들에게는 필요했다.

밤이 되자 비까지 내렸다. 풍경소리가 빗속에서도 울렸지만 천둥이 칠 때마다 까마득하게 잠겨버렸다.

미진은 눈을 떴다. 자고 있는 명수를 확인하곤 방문을 열고 밖으로 나갔다. 머리에 감긴 붕대가 풀어져 너불거렸으며 퍼붓는 비는 이내 미진의 몸을 적셨다.

뛰었다. 저기서 흔들리는 불빛은 자동차 헤드라이트였다. 하지만 미진은 도로 중앙에 서서 꿈쩍도 하지 않았다.

그즈음 "막대사탕! 막대사탕!" 하며 부르는 소리가 저만치에서 들렸고 커브를 돌던 덤프트럭은 미진을 보지 못했다. 쿵! 소리가 들리고 놀란 운전사는 만신창이가 된 미진을 보고선 달아났다. 그때 "막대사탕!" 소리도 멈추었다.

명수는 미진의 뺨에 얼굴을 비비며 오열했다. 빗물에 핏덩이가 물감 풀어지듯 흘러내렸다.

선택의 여지가 없거나 선택이 필요 없을 때는 차라리라는 낱말은 쓸 수가 없다. 차라리를 쓸 수 없을 때는 생의 천칭도 평형을 이루니 더이상 죽느냐, 사느냐의 문제는 아니다. 백팩 속 두 인형이 떠올랐다. 옷만 달랐지 크기도, 무게도 똑같았다. 명수는 미진을 부둥켜안고 드러누웠다. 멀리서 보면 그저 마대 몇 개가 겹쳐져 있는 것처럼 보였다. 차들이 클랙슨을 누르며 아슬아슬하게 피해갔다. 하지만 커브 지점에서 트레일러 머리가 나타나고 쿵! 소리와 함께 브레이크 밟는 소리가 들리더니 천둥이 쳤다.

◆

이 교수는 거실에서 포도주를 마시며 뉴스를 시청중이었다.

"오늘 오후 7시쯤, 가평의 어느 한 펜션에서 엽기적인 사건이 발생했습니다. 일곱 명이 숨지고 두 명이 부상을 입은 사건이나 지금은 그 두 명마저 행방불명입니다……."

이어 카메라는 펜션 방을 잡았다. 방문 앞에 폴리스라인이 쳐져 있었고, 방바닥에는 핏자국이 흥건했으며, 시신들이 있던 자리에는 흰색 래커가 칠해져 있었다. 카메라를 위로 당기니 시신의 손 부분에 해당하는 래커 칠들이 강강술래하듯 연결되어 있었다. 이어 마스크를 쓰고 흰 장갑을 낀 채 망치, 스마트폰 조각 등을 수습해 봉지에 담고 있는 국과수 직원과 닭뼈를 들고 고개를 갸우뚱거리는 수사관이 카메라에 잡혔다.

이 교수는 포도주 몇 잔을 원샷한 뒤 컴퓨터의 몰래카메라 녹화 영상을 USB에 담곤 하드의 것을 지워버렸다. 이어 준혁과의 통화 기록을 없애고 카톡방에서 '나가기'를 한 뒤 USB를 책장의 책들 중 그렇다 싶은 책 속에 끼워넣었다.

작가의 말

'차라리'와 '어차피'는 힘든 시기에 빈도 높게 쓰이는 말이다. 차라리는 후회, 실망, 절망 등과 친하며 '살다' 뒤에 '죽다'를 놓으면 '사느니 차라리 죽다'가 된다.

'어차피'는 포기, 체념, 자위 등과 친하며 이렇게 하든지 저렇게 하든지 결과는 정해져 있지만 방법이 미정일 때 쓴다. 즉 '죽음'이 정해진 결과라면 '죽는 방법'만이 남게 되는 셈이다.

대한민국의 자살률은 세계 최고다. 특히 20대 자살률이 그렇다. 『자살카페』는 이 땅의 20대, 꽃다운 청춘들의 자살 이야기다. 왜 그들은 '사느니 차라리 죽음'을, 그것도 '어차피 죽을 거 함께하는 죽음(동반자살)'을 죽는 방법으로 택하는 것일까?

책을 쓰는 내내 안타까웠으며 그 안타까움은 무기력에서 비롯

되었음을 알고 있다. 당장 어떻게 할 수 없는 제도와 어쩔 수 없는 인식이 '차라리'와 '어차피'를 낳는 원인이라 여겨졌기 때문이다.

2023년 12월

구광렬

자살카페

초판 1쇄 인쇄 2023년 12월 8일
초판 1쇄 발행 2023년 12월 18일

지은이 구광렬

편집 박민영 정소리
디자인 김문비 ┃ 마케팅 김선진 배희주
저작권 박지영 형소진 최은진 서연주 오서영
브랜딩 함유지 함근아 고보미 박민재 김희숙 박다솔 조다현 정승민 배진성
제작 강신은 김동욱 이순호 ┃ 제작처 한영문화사

펴낸곳 (주)교유당 ┃ 펴낸이 신정민
출판등록 2019년 5월 24일 제406-2019-000052호

주소 10881 경기도 파주시 회동길 210
문의전화 031-955-8891(마케팅) 031-955-2692(편집) 031-955-8855(팩스)
전자우편 gyoyudang@munhak.com

인스타그램 @gyoyu_books ┃ 트위터 @gyoyu_book ┃ 페이스북 @gyoyubooks

ISBN 979-11-92968-86-5 03810